后浪 | 插 图 珍 藏 版

Of Mice and Men
John Steinbeck

人 鼠 之 间

[美]约翰·斯坦贝克　著

[法]艾迪·罗格朗　绘

袁蓉　译

江苏凤凰文艺出版社
JIANGSU PHOENIX LITERATURE AND
ART PUBLISHING

图书在版编目（CIP）数据

人鼠之间：插图珍藏版 /（美）约翰·斯坦贝克
(John Steinbeck) 著；(法) 艾迪·罗格朗绘；袁蓉译
. -- 南京：江苏凤凰文艺出版社，2023.9
　　ISBN 978-7-5594-7839-9

　　Ⅰ.①人… Ⅱ.①约… ②艾… ③袁… Ⅲ.①中篇小
说 – 美国 – 现代 Ⅳ.① I712.45

中国国家版本馆 CIP 数据核字 (2023) 第 165401 号

人鼠之间（插图珍藏版）

［美］约翰·斯坦贝克 著　　［法］艾迪·罗格朗 绘　　袁蓉 译

编辑统筹	尚　飞
责任编辑	曹　波
特约编辑	梁子嫣
装帧设计	墨白空间·李　易
内文排版	严静雅
出版发行	江苏凤凰文艺出版社
	南京市中央路 165 号，邮编：210009
网　　址	http://www.jswenyi.com
印　　刷	河北中科印刷科技发展有限公司
开　　本	880 毫米 ×1230 毫米　1/32
印　　张	5
字　　数	79 千字
版　　次	2023 年 9 月第 1 版
印　　次	2023 年 9 月第 1 次印刷
书　　号	ISBN 978-7-5594-7839-9
定　　价	78.00 元

江苏凤凰文艺版图书凡印刷、装订错误，可向出版社调换，联系电话 025 – 83280257

在索莱达以南几英里外，萨利纳斯河在靠近山坡的河岸处汇入，那里碧水流深。河水也很温暖，因为在它们抵达这湾狭窄的碧潭之前，已经在阳光照耀下的黄沙上轻轻流过。在河流的一侧，金色的山麓蜿蜒而上，一直延伸到巍峨多岩的加比兰山脉。但在河谷的另一侧，却是树木丛生——杨柳每逢春天便抽芽吐翠，低垂的枝丫上还携带着冬季洪水泛滥时残留的枯枝败叶。表皮斑驳的白色悬铃木，那躺卧的枝干，弯曲地悬在碧潭上。树下的沙堤上，干燥易碎的枯叶落了满地，假如一条蜥蜴在其间穿梭爬行，定会发出巨大的嗖嗖声。傍晚时分，野兔们会从灌木丛中蹿出来，蹲坐在沙地上。潮湿的浅滩上布满了浣熊夜行的足迹、来自农场的成群的狗的爪印，还有趁夜前来饮水的野鹿留下的楔形蹄印。

在杨柳和悬铃木之间有一条小径，这条小径被踩踏得硬邦邦的，因为农场的小男孩们会顺着小径走到碧潭去游泳，傍晚时分从公路上下来的精疲力竭的流浪汉们也会顺着这条小径走到河边去安营扎寨。在一棵高大的悬铃木低矮的横枝前有一堆灰烬，那是点了许多次篝火之后累积起来的。坐在横枝上生火的人把枝干磨得光滑无比。

一天傍晚，天气炎热，微风轻拂在树叶间。夕阳下，树丛的倒影顺着山坡往上攀爬，直达山顶。野兔们蹲坐在沙滩上，悄无声息，宛如一片灰色的小石雕。这时，从州际公路的方向传来了脚步声，踩踏着干燥悬铃木落叶的脚步声。野兔们悄没声地藏匿了起来。一只长脚苍鹭铆足了劲腾空飞起，猛烈地拍着翅膀扑向下游。这个地方一时没了生息。接着，从小径上走来两个男子，他们来到了碧潭河畔的空地上。

两个男子沿着小径一前一后地走着，即便到了这空地也还是如此。两人都穿着牛仔长裤和带有黄铜纽扣的牛仔外套，都戴着变了形的黑色帽子，肩上都扛着捆得紧紧的铺盖卷。走在前面的那个身材矮小、动作敏捷、脸色黝黑、目光敏锐、左顾右盼、五官分明。他身上的每一个部位都特征鲜明：小而有力的手、纤细的手臂、瘦削而骨感的鼻子。跟在他后面那个却与他截然相反：身材魁梧，五官棱角不分明，有着大而苍白的眼睛、宽而下斜的肩膀；他步履沉重，略微拖着步子，就像熊拖着爪子走似的。他的手臂没有在身体两侧左右摆动，而是松松垮垮地垂着。

走在前面的男子在空旷处突然停了脚步，跟在后面的男子险些将他撞倒。他摘下帽子，用食指撸了一把帽子里的防汗带，随后甩去了手指上的汗水。他那个大个子同伴放下铺盖卷，一头扎进河里，贴近碧潭的水面喘息着，大口大口地牛饮起来。小个子男子神色紧张，匆忙走到他身边。

"伦尼！"他厉声说道，"伦尼，看在上帝的分儿上，别喝那么多。"伦尼继续呼哧呼哧地喝着。小个子俯下身来，摇了摇他的肩膀。"伦尼，你这样喝又会像昨晚一样不舒服的。"

伦尼把他的整个脑袋都浸到了水里。随后，他起身坐到岸边，帽子上的水滴到蓝色的外套上，顺着后背往下淌。"这样喝感觉才爽。"他说，"你喝点吧，乔治。你大口地喝一通吧。"他开心地笑了。

乔治卸下了他的铺盖卷，轻轻地扔在岸边。"我不确定这水是不是干净，"他说，"看上去有浮渣呢。"

伦尼把他的一只大手伸进水里，摆动着手指，溅起了一阵小水花。水花变成了一个个环形的波纹四散开去，蔓延到碧潭的对岸，又随即折返了回来。伦尼注视着这动静："看，乔治。看我在干啥？"

乔治跪在碧潭边，迅速地用手掬起几捧水喝了下去。"味道不错嘛，"他认可道，"不过，看起来这是一潭死水。不流动的水，千万别喝，伦尼，"他失望地说，"不过我看你如果渴了，恐怕连阴沟里的水都会喝的。"他掬起一捧水泼到自己脸上，用手把脸到下巴再到后颈通通抹了一把。然后他又戴上了帽子，起身离开水边，双臂抱膝坐了下来。始终注视着乔治的伦尼，模仿着他的一举一动。他也离开水边，双臂抱膝坐了下来，然后看了看乔治，看自己是否学得像。他把帽子往下拉了一点，遮住了眼睛，就像乔治一样。

乔治忧郁地盯着水面。他的眼圈被炽热的太阳晒得通红。乔治气愤地说："要不是那个混蛋大巴司机胡说八道，我们本来可以直接坐到农场的。'沿着高速公路往前走一小段路。'他说，'就一小段路。'结果呢！我们走了快四英里路了！他就是不想在农场门口停车，就是这么回事。他就是懒得停车。他能在索莱达停车已经算不错了。就那么把我们踢下车，还说'沿着高速公路走一小段儿就到了'。我敢打赌，四英里都不止。这大热天，真他妈的！"

伦尼怯生生地望着他。"乔治？"

"嗯，干吗？"

"我们这是要去哪儿，乔治？"

小个子猛地把帽檐往下一扯，沉下脸看着伦尼。"所以你已经忘了，对吧？我得再告诉你一次，对吧？天哪，你真是个笨蛋疯子！"

"我忘记了，"伦尼轻声说，"我是想尽力记住这事来着。我对天起誓，我是这样想的，乔治。"

"好吧，好吧。我再告诉你一次。反正闲着也是闲着。不如把我所有的时间都花在告诉你这件事情上，等你又忘了，我再告诉你一次。"

"我尽力了，"伦尼说，"但没用。可我记得兔子的事，乔治。"

"让那些兔子见鬼去吧。你只记得那些兔子。好吧！现在你听着，这一次你得记住，这样我们才不会惹上麻烦。你还记得我们坐在霍华德街的贫民窟里，盯着那块黑板看吗？"

伦尼的脸上露出一丝欣然的微笑。"当然记得，乔治，我记得……不过……那之后我们干了什么？我记得有些女孩走过来，你说……你说……"

"让我说的见鬼去吧。你还记得我们进了默里和雷迪公司，那儿的人给了我们工卡和大巴车票吗？"

"哦，当然，乔治。我现在想起来了。"伦尼迅速把双手插入上衣的两侧口袋里。他温和地说："乔治……我的工卡不见了。"他神情绝望，垂下脑袋，看着地面。

"你从来就没有拿过，你这个疯子。我们两个人的都在我这儿呢。你以为我会让你拿着你自己的工卡吗？"

伦尼如释重负，咧开嘴笑了。"我……我还以为我把工卡放在我的侧兜里了呢。"他又把一只手插进了口袋。

乔治看着他，目光犀利。"你那口袋里装着什么呢？"

"我口袋里什么也没有。"伦尼机智地回答道。

"我知道口袋里没有。你攥在手里了。你手里握着什么——藏着不让我看？"

"我什么都没有，乔治。真的。"

"得了吧，拿出来。"

伦尼把那只紧握的手藏到了身后。"只不过是一只老鼠，乔治。"

"一只老鼠？一只活老鼠吗？"

"不是，不是。只是一只死老鼠，乔治。不是我弄死的。真的！是我发现它了。我发现它时它已经死了。"

"拿出来！"乔治说。

"啊，把它留给我吧，乔治。"

"拿出来！"

伦尼顺从了，紧握的手慢慢地松开了。乔治抓起老鼠，一把将它扔到碧潭对岸的灌木丛里去了。"你要一只死老鼠到底想干什么？"

"我们一起走的时候，我可以用拇指摸它玩。"伦尼说。

"好吧，你和我一起走的时候不能摸老鼠玩。你还记得我们现在要去哪里吗？"

伦尼看起来被吓了一跳，然后尴尬地把脸埋在膝盖上。

"我又忘了。"

"天哪，"乔治无可奈何地说，"好吧，听着，我们要去农场干活，那农场和我们从北方来的那座差不多。"

"北方？"

"在威德。"

"哦，当然。我记得，在威德。"

"我们要去的那座农场就在南边，还有几百米。我们要进农场见场主。现在，你听着，我会把工卡给他看，但你一句话也别说。你就站在一边，什么话也不要说。如果他发现你是个笨蛋疯子，我们就没活干了，但他要是在你开口之前能看到你干活的模样，我们就搞定了。你听明白了吗？"

"当然，乔治。我当然明白了。"

"好吧，那你现在告诉我，我们进了农场，见了场主后，你打算怎么办？"

"我……我，"伦尼思索着，他的脸因思考而绷得紧紧的，"我……什么也不说。我就站在一边。"

"好孩子。太棒啦。你再把这话说上两三遍，保准你再不会忘记了。"

伦尼轻声嘀咕道："我什么也不说……我什么也不说……我什么也不说。"

"好啦，"乔治说，"还有你也不能像在威德时那样干坏事。"

伦尼满脸困惑："像我在威德时那样干坏事？"

"哦，你连这个也忘记了，是吗？好吧，我可不会提醒你，免得你再干一次。"

伦尼的脸上露出了一丝领悟的光芒。"他们把我们赶出了威德。"他得意洋洋地说。

"把我们赶出去，见鬼，"乔治厌恶地说，"是我们自己逃跑的。他们倒是追我们来着，但没抓到我们。"

伦尼高兴地咯咯笑了起来。"这我可没忘记。"

乔治躺在沙滩上，双手交叉枕在头下，伦尼学着他的样子躺下，抬起脑袋看看自己是否学得像。"天哪，你这个人真麻烦，"乔治说，"如果没有你这个拖油瓶，我大可以过得轻松如意。我可以活得自在，说不定还能找个姑娘呢。"

伦尼静静地躺了一会儿，然后满怀希望地说："我们要去农场干活啦，乔治。"

"对啊。你明白了。但我们得睡在这里，我有我的理由。"

此刻日光飞逝，暮色四合。只有加比兰山脉的顶峰仍闪烁着落日余晖，山谷里已经昏暗无光了。一条水蛇在碧潭上滑行，它的头像一个小潜望镜似的翘着。芦苇在水流中微微晃动。在远处高速公路的方向，一个男子喊叫着什么，另一个男子也高声应和着。悬铃木的枝在一阵微风中沙沙作响，但风很快便停息了。

"乔治，我们为什么不去农场吃晚饭呢？人家都在农场上吃晚饭的。"

乔治翻了个身。"对你而言，压根没啥理由。我喜欢这里。明天我们就要开始干活了。我在一路上看到不少打谷机。那就意味着，我们要扛大麦包，拼命去扛。今晚我打算躺在这儿，看看天空。我喜欢这样。"

伦尼爬了起来，双膝跪地，低头看着乔治。"我们不吃晚饭吗？"

"当然吃啦，你去拾些干枯的柳树枝条来。我的铺盖卷里还有三罐豆子。你准备生火，等你把柳树枝拾来，我就给你火柴。我们把豆子热一下，然后就吃晚饭。"

伦尼说:"我喜欢用番茄酱就着豆子吃。"

"得了吧,我们可没有番茄酱。你去捡点柴火来,别到处瞎跑。很快就要天黑了。"

伦尼笨手笨脚地站了起来,随后消失在灌木丛中。乔治躺在原地,轻轻地吹起了口哨。河水被搅动的哗哗声从伦尼所走的方向传来。乔治不再吹口哨,而是仔细地听着。

"可怜的笨蛋。"他轻声说,然后又继续吹起了口哨。

不一会儿,伦尼从灌木丛里冲了回来,手里拿着一根小柳条。乔治坐了起来。"好吧,"他粗暴地说,"把那只老鼠给我!"

伦尼一脸无辜,装得挺像那么回事。"什么老鼠,乔治?我没有老鼠啊。"

乔治伸出一只手来。"快点,把它给我。你瞒不了我的。"

伦尼犹豫了一下,然后后退几步,眼神扫向那片灌木丛,似乎在盘算着逃跑。乔治冷冷地说:"你是打算把那只老鼠给我,还是让我揍你一顿?"

"给你什么,乔治?"

"你他妈的再清楚不过了。我要那只老鼠。"

伦尼不情愿地把手伸进衣服口袋。他的声音有点哑了。"我就不明白了，我为什么不能留着它。它又不是别人的老鼠。也不是我偷的。我发现它的时候，它就躺在路边。"

乔治的手仍然专横地伸着。慢慢地，就像一只不想把球还给主人的小狗一样，伦尼走近乔治，退了回去，又走近了。乔治猛地打了一个响指，伦尼一听到这个声音就把老鼠放到了乔治的手里。

"我没做什么坏事，乔治。我只是想摸摸它。"

乔治站了起来，使出浑身力气，把老鼠扔到远处昏暗的灌木丛中，然后他走到碧潭边，洗了洗手。"你这个笨蛋疯子。你蹚水过河去捡老鼠，两只脚都湿掉了，你以为我看不到吗？"他听到伦尼呜咽的哭声，转过身来，"哭得像个小娃娃！天哪！亏你长那么大块头。"伦尼的嘴唇颤抖着，眼里涌出了泪水。"啊，伦尼！"乔治把一只手搭在伦尼的肩膀上，"我扔掉老鼠，没什么坏心思。那只老鼠死了，伦尼。而且，你摸老鼠太使劲，它都被你的手指戳破了。下回你要是再捡一只活老鼠，我就让你留一阵子。"

伦尼坐在地上，垂头丧气的。"我不知道哪里还有老鼠。

我记得以前有位太太，常送老鼠给我——凡是她找到的都会送给我。但那位太太又不在这里。"

乔治嗤之以鼻。"太太，嗯？你连那位太太都不记得啦。她是你的亲姑姑克拉拉。而且，她早就不再送老鼠给你了，因为你老是弄死它们。"

伦尼悲伤地抬头看着他。"它们太小了，"他内疚地说，"我每次很轻柔地摸它们，很快它们就咬我的手指，我就稍微捏一下它们的头，它们就死了，因为它们太小了。乔治，我真希望我们能尽快养些兔子。它们可没那么小。"

"让那些兔子见鬼去吧。反正绝不能给你活老鼠。你的克拉拉姑姑给了你一只橡皮老鼠，但你不要。"

"橡皮老鼠摸起来不舒服。"伦尼说。

落日余晖从山顶升起，暮色降临山谷，忽明忽暗的光影笼罩在杨柳和悬铃木之间。一条大鲤鱼浮出水面，吸了口气，随后又神秘地潜回暗沉的水里，水面上留下一圈圈四散开去的涟漪。头顶上的树叶又摇动了起来，一团团的小柳絮飘落下来，停泊在碧潭的水面上。

"你要去拾柴火吗？"乔治问道，"在那棵悬铃木的后面有很多漂过来的木柴。现在你去拾吧。"

伦尼走到悬铃木后面，拾回了一堆枯叶和小树枝。他把它们堆在以前的流浪汉留下的旧灰堆上，转身又去拾柴。此刻夜幕将至。一只野鸽展翅掠过水面。乔治走到火堆旁，点燃了干树叶。火焰在细枝间噼啪作响，开始燃烧。乔治解开了他的铺盖卷，从里面拿出了三罐豆子。他把它们立在火堆旁，靠近火苗，但又不碰到火焰。

"我们有足够四个人吃的豆子。"乔治说。

伦尼从火堆另一侧望着他，不紧不慢地说："我喜欢用番茄酱就着豆子吃。"

"好啦，我们可没有番茄酱，"乔治勃然大怒道，"我们没有什么，你就偏想要什么。天哪，如果我一个人，我可以活得轻松自在。我可以找份差事做，什么麻烦都没有。到了月底，我可以领到我的五十块工钱，然后进城去，想买啥买啥。可不是嘛，我可以整宿待在窑子里。我可以想去哪儿吃饭就去哪儿吃饭，酒店或者任何地方都行，点任何我能想到的他妈的东西。而且，我每个月都能这么干。喝上一加仑的威士忌，或者待在台球室里玩玩扑克，打打台球。"伦尼

双膝跪地，隔着篝火看着乔治愤怒的脸。伦尼的脸上充满了恐惧。"我得到了什么，"乔治愤怒地说，"我得到了你！你一份活都保不住，弄得我也跟着你丢差事，四处奔波，这还不是最糟糕的，你还惹麻烦。你干了坏事，我还得把你弄出来。"他提高嗓门，几乎成了喊叫，"你这个疯子！总是把我弄得焦头烂额的。"乔治摆出一副小姑娘们互相模仿时的那种装腔作势的模样，"就是想摸一摸那个姑娘的衣裙——就像摸老鼠一样摸一摸。好吧，真是见鬼了，她怎么知道你只是想摸一摸她的裙子？她猛地向后一跳，而你像抓老鼠一样抓住不放。她大喊大叫，我们只能整天躲在灌溉渠里。白天那些家伙找我们，我们还是趁着天黑才偷偷溜出去，离开了那里。每回都是这样。我希望我能把你关在一个笼子里，和一百来万只老鼠为伍，让你玩个够。"他的怒火突然间烟消云散了。他看了一眼篝火对面伦尼痛苦的脸，然后望着火焰，一脸愧疚。

此时天色已晚，但是他们燃起的篝火照亮了树干和头顶上方弯曲的枝丫。伦尼绕着火堆，缓慢而谨慎地爬到乔治身边，双膝跪地坐了下来。乔治把豆子罐头翻了个面，让另一

老人与海
（插图珍藏版）

[美] 欧内斯特·海明威 著
[英] 雷蒙·谢泼德 绘
孙致礼、蒋慧译

漂亮朋友
（插图珍藏版）

[法] 莫泊桑 著
[法] 让·埃米尔·拉布勒 绘
徐和瑾译

月亮与六便士
（插图珍藏版）

[英] 毛姆 著
[美] 弗里德里克·多尔·斯蒂里 绘
楼武挺译

红与黑
（插图珍藏版）

[法] 司汤达 著
[法] 让·保罗·昆特 绘
罗新璋译

一生
（插图珍藏版）

[法] 莫泊桑 著
[法] 埃迪·勒格朗 绘
盛澄华译

呼啸山庄
（插图珍藏版）

[英] 艾米莉·勃朗特 著
[法] 埃德蒙·杜拉克 绘
孙致礼译

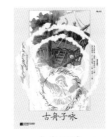

古舟子咏
（插图珍藏版）

[英] 塞缪尔·泰勒·柯勒律治 著
[美] 爱德华·A·威尔逊 绘
叶紫译

伊莎贝拉
（插图珍藏版）

[英] 约翰·济慈 著
[英] 威廉·布朗·麦克杜格尔 绘
朱维基译

胡萝卜须
（插图珍藏版）

[法] 儒勒·列那尔 著
[法] 菲利克斯·瓦洛东 绘
应远马、应一笑译

莎士比亚喜剧集
（插图珍藏版）

[英] 威廉·莎士比亚 著
[英] H.C.塞卢斯 绘
朱生豪译 解村 校

莎士比亚悲剧集
（插图珍藏版）

[英] 威廉·莎士比亚 著
[英] H.C.塞卢斯 绘
朱生豪 译 叶紫 校

川端康成经典名作集
（插图珍藏版）

[日] 川端康成 著
[日] 吉田博 川濑巴水 绘
竺祖慈 叶宗敏 译

欧也妮·葛朗台

（插图珍藏版）

[法]巴尔扎克 著

[法]夏尔·于阿尔 绘

傅雷 译

高老头

（插图珍藏版）

[法]巴尔扎克 著

[法]夏尔·于阿尔 绘

傅雷 译

悲惨世界

（插图珍藏版）（全5册）

[法]维克多·雨果 著

[法]古斯塔夫·布里翁 绘

潘丽珍 译

我是猫

（插图珍藏版）

[日]夏目漱石 著

[日]桥口五叶、中村不折、浅井忠 绘

常非常 译

了不起的盖茨比

（插图珍藏版）

[美]F.S.菲茨杰拉德 著

[法]乔治·巴比尔 绘

周嘉宁 译

人鼠之间

（插图珍藏版）

[美]约翰·斯坦贝克 著

[法]艾迪·罗格朗 绘

袁蓉 译

Illustrated Classics

POST WAVE

未完待续
敬请期待

后浪插图经典系列，名家名译名画
打造收藏级传世名著

莎士比亚爱情诗集
（插图珍藏版）

[英]威廉·莎士比亚 著
[英]埃里克·吉尔 绘
曹明伦 译

牧歌
（插图珍藏版）

[古罗马]维吉尔 著
[法]马塞尔·韦尔特 绘
[英]C.S.卡尔弗利 英译；叶紫 中译

恶之花
（插图珍藏版）

[法]夏尔·波德莱尔 著
[法]亨利·马蒂斯 绘
郑克鲁、刘楠祺 译

伊索寓言：
500年插画与故事

[古希腊]伊索 著
[英]蓝道夫·凯迪克 等绘
草木 编；庆云 译

鸟·蛙
（插图珍藏版）

[古希腊]阿里斯托芬 著
[英]约翰·奥斯汀、
[美]阿瑟·勒恩德 绘
张竹明 译

查第格
（插图珍藏版）

[法]伏尔泰 著
[法]西尔万·索瓦日 绘
傅雷 译

远大前程
（插图珍藏版）

[英]查尔斯·狄更斯 著
[爱尔兰]哈利·福尼斯 绘
王科一 译

巴黎圣母院
（插图珍藏版）

[法]维克多·雨果 著
[法]卡米尔·罗克普兰、
查尔斯·杜比尼 等绘
潘丽珍 译

傲慢与偏见
（插图珍藏版）

[英]简·奥斯丁 著
[爱尔兰]休·汤姆森 绘
王科一 译

老实人
（插图珍藏版）

[法]伏尔泰 著
[德]保罗·克利 绘
傅雷 译

卡门
（插图珍藏版）

[法]梅里美 著
[德]阿拉斯特尔 绘
傅雷、吴蓁蓁 译

高龙巴
（插图珍藏版）

[法]梅里美 著
[法]皮埃尔·卢梭 绘
傅雷 译

边对着火。他假装不知道伦尼离他这么近。

"乔治。"非常柔和。没有回答。"乔治！"

"你想干吗？"

"我只是在开玩笑，乔治。我不要番茄酱。如果番茄酱就在我身边，我也不会吃的。"

"如果这里有番茄酱，你还是可以吃一些的。"

"但是我一点也不会吃的，乔治。我会全都留给你。你可以在豆子上盖满番茄酱，我连碰都不碰一下。"

乔治仍然郁闷地盯着篝火。"当我想到没有你，我可以拥有的美好时光时，我简直就要发疯了。我永远得不到安宁。"

伦尼仍然跪坐着。他朝着河对岸的黑暗处望去。"乔治，你想让我离开，让你一个人独自待着吗？"

"见鬼，你能上哪儿去？"

"好吧，我可以的。我可以去那边的山上。我会找到一个山洞的。"

"是吗？那你吃什么？你这个人没啥头脑，找不到吃的东西。"

"我会找到食物的，乔治。我不需要加番茄酱的美味食物。我可以躺在阳光下，没有人会伤害我。如果我找到一只老鼠，我就可以养它。没人会把它从我手中夺走的。"

乔治迅速地打量着他。"我对你太刻薄了，是吗？"

"如果你不想要我了，我可以去山上找个山洞。我可以随时离开的。"

"不——看！我只是开玩笑，伦尼。因为我想要你和我待在一起。老鼠的麻烦是你总是把它们弄死。"他停顿了一下，"我告诉你我会怎么做，伦尼。只要一有机会，我就给你弄一只小狗。也许你不会杀了它。小狗比老鼠好多了，你可以用力地抚摸它。"

伦尼没有陷入诱惑。他意识到了自己的优势。"如果你不想要我了，你只要直接说出来，我就到那边的山上去，自己住。而且我不会让人从我身边偷走老鼠的。"

乔治说："我要你和我在一起，伦尼。天哪，如果你一个人的话，有人会把你当作一只郊狼捕杀的。不，你留下来和我待在一起。你的克拉拉姑姑不喜欢你独自一个人跑掉的，即使她死了也会这么想的。"

伦尼坏坏地说："你讲给我听听吧——像你以前那样。"

"讲给你听什么？"

"讲讲兔子。"

乔治厉声说："你休想威胁我。"

伦尼恳求道："来吧，乔治。讲给我听听吧。求你了，乔治。就像你以前那样。"

"你就喜欢这样，对吧？好吧，我给你讲，然后我们就吃晚饭……"

乔治的声音变得低沉起来。他抑扬顿挫地讲了起来，好像他以前说过很多遍似的。"那些像我们一样在农场干活的人是世界上最孤独的人。他们没有家庭。他们不属于任何地方。他们来到一个农场，靠干活攒下一笔笔钱，然后就进城去挥霍一空，接下来你就看到他们又去了另一个农场干活。他们活着没什么盼头。"

伦尼听得很高兴。"就是这样，就是这样。现在讲讲我们的情况如何。"

乔治接着说："我们的情况可不是这样的。我们有未来。我们有个在乎自己的人可以聊聊天。我们不会因为没地方去，就坐在酒吧里把钱花得精光。那些人如果坐牢了，没有人会在乎他们。但我们不会这样。"

伦尼插嘴道："但我们不会这样！为什么呢？因为……因为我有你照顾我，你有我照顾你，这就是为什么。"他高兴地大笑了起来。"现在接着讲下去吧，乔治！"

"你都记在心里了。你自己也可以讲。"

"不，你讲。我忘记了其中的一些内容。你来讲讲以后会怎么样。"

"好吧。我们会把挣来的钱攒起来，然后我们总有一天会拥有一幢小房子、几亩地、一头奶牛和几头猪，还有——"

"我们靠地吃饭。"伦尼喊道，"我们还有兔子。接着讲，乔治！讲讲我们在菜园里会种些什么，讲讲我们在笼子里养的兔子、冬天的雨、暖和的炉子，还有牛奶上的奶油有多厚，你都切不动。讲讲那些，乔治。"

"你为什么不自己讲呢？你全都知道的。"

"不……你来讲。如果我讲，味道就不一样了。继续讲吧……乔治。我是怎么照顾那些兔子的呀？"

"好吧，"乔治说，"我们会有一大片菜园、一间兔舍和许多鸡。当冬天下雨的时候，我们就会说让干活见鬼去吧。

我们在炉子里生一堆火，围坐在火炉边，听听雨点打在屋顶上的声音——哎呀！"他从衣服口袋里掏出折叠刀，"我没时间再讲下去了。"他把刀从一个豆子罐头的顶部插进去，割开顶盖，把罐子递给了伦尼。然后他又打开了另一个罐头。他从口袋侧兜里拿出两个勺子，递了一把给伦尼。

他们坐在火堆旁，嘴里塞满豆子，用力嚼着。几颗豆子从伦尼嘴角边滑了出来。乔治用勺子示意了一下。"明天农场主要是问你问题，你打算怎么说？"

伦尼停止咀嚼，吞下嘴里的豆子，神情专注。"我……我不会……说一句话。"

"好孩子！真棒，伦尼！也许你真的变乖啦。等我们买下几亩地以后，我可以让你好好照料那些兔子。特别是如果你记性这么好的话。"

伦尼自豪得哽咽了。"我记得。"他说。

乔治又用他手上的勺子示意。"听着，伦尼。我要你看看这附近的地方。你能记住这里，对吗？农场在那里，离这四五百米左右。只要顺着河走就行，对吧？"

"没错，"伦尼说，"我能记住这里。我不是已经记住了我不会说一句话吗？"

"你当然记住了。好了，听着。伦尼——如果你碰巧又像以前一样惹上麻烦，我要你马上来这里，并且躲在灌木丛里。"

"躲在灌木丛里。"伦尼慢吞吞地说。

"躲在灌木丛里，直到我来找你。你能记住吗？"

"我当然可以，乔治。躲在灌木丛里直到你来找我。"

"但你不会再惹麻烦的，因为如果你这样做，我就不会让你去照料那些兔子了。"乔治把他手上吃空的豆子罐头盒扔进了灌木丛里。

"我不会惹上麻烦的，乔治。我一句话也不说。"

"好，把你的铺盖卷拿到火堆这边来。睡在这里会很舒服。抬头看看天空，看看树叶。别再添柴火了。让它慢慢熄灭吧。"

他们在沙滩上铺好床，当火焰渐渐熄灭时，火光照及的范围越来越小。卷曲的树枝消失了，只有一丝微弱的火光显示出树干在哪里。黑暗中伦尼喊道："乔治——你睡着了吗？"

"还没，你想干吗？"

"我们养一些不同颜色的兔子吧，乔治。"

"当然可以，"乔治困倦地说，"红色的、蓝色的和绿色的兔子，伦尼。养个几百万只。"

"毛茸茸的兔子，乔治，就像我在萨克拉门托的集市上看到的那种。"

"当然可以，毛茸茸的那种。"

"因为我可以离开的，乔治，一个人住到山洞里去。"

"你也可以去死，"乔治说，"现在闭嘴。"

篝火的灰烬上红色的火光慢慢褪尽。河畔的山上，一匹郊狼在嚎叫，一只狗在河对岸应声吠着。悬铃木树叶在轻柔的夜风中浅唱低吟。

农场工人住的宿舍是一幢很长的长方形的建筑物。室内的墙壁用石灰水刷成了白色，地板没有上过漆。其中三面墙上有正方形的小窗户，第四面墙壁处有一扇坚固的带木闩的门。八张床靠墙摆放，其中五张床上铺着毯子，另外三张铺着粗麻布床单。每张床铺上方都钉了一个杂物箱，向外开口，这样里面可以做成双层隔板，供床铺的主人摆放私人物品。这些隔板上摆满了小物件：肥皂和爽身粉，剃须刀和那些农场工人喜欢阅读和嘲笑、私下里又认同的西部杂志。隔板上还摆放着各种药品、小瓶子、梳子，杂物箱两侧的钉子上还挂着几根领带。一堵墙的附近有一个黑色的铸铁炉子，炉子的烟道笔直通向天花板。在房间的中央有一张大方桌，桌上堆满着扑克牌，桌子四周有成堆的箱子，供打牌的人当凳子坐。

早晨十点钟左右，太阳从一扇边窗投下一道明亮的、弥漫着尘埃的光柱，苍蝇在这道光柱里飞进飞出，宛如天空中快速划过的流星。

木闩向上一提，门开了，一个驼背的高个子老人走了进来。他穿着蓝色的牛仔裤，左手拿着一把大扫帚。乔治走在他的身后，伦尼走在乔治的身后，他们鱼贯而入。

"农场主指望着你们昨晚就到的，"老人说，"但你们没到，今天早上出不了工，他气死了。"他用右臂指了指，袖管里露出一截圆圆的棍子似的手腕，但却没有手。"你们可以睡这两张床。"他指着炉子旁边的两个铺位说。

乔治走上前去，一把将自己的铺盖卷扔在床铺上的稻草包床垫上。他往杂物箱里的隔板看了看，然后从上面取出了一个黄色的小罐子。"嘿，这是什么鬼东西啊？"

"我不知道。"老人说。

"上面写着'虱子、蟑螂和其他害虫必杀'，你都安排我们睡什么鬼床铺啊。我们可不想裤裆里钻跳蚤啊。"

这个老杂务工一边把扫帚夹到腋下，一边伸出手去拿那个罐子。他仔细看了一番标签上的说明。"告诉你们吧，"他最后说，"上一个睡这张床的人是个铁匠——他是个难得的好人，而且爱干净，你们见了准会喜欢。他吃过东西后甚至都要洗手。"

"那他身上怎么会长虱子？"乔治越说越气。伦尼把他的铺盖卷放在隔壁的铺位上，随后坐了下来。他张着嘴，看着乔治。

"告诉你们怎么回事吧，"老杂务工说，"先前睡这床的铁匠——名叫怀特——就是那种即便身上没长虱子，也要把这玩意随身带着的人——仅仅为了万无一失，明白吗？告诉你们他过去都干了些啥——吃饭时，他会把煮熟的土豆皮剥掉，剔除里面的每一个小黑点，不管是什么样的。如果鸡蛋上有个小红斑点，他也会把它刮掉。最终，他因为伙食问题而辞职了。他就是那种爱干净的人。他常常在星期天把自己打扮一番，即便哪儿也不去，甚至还会系上一条领带，然后在宿舍里坐着。"

"我不敢相信，"乔治怀疑地说，"你刚说他辞职是为了什么？"

老人把那个黄色的小罐子放进口袋里，用手指关节摩擦着他的白胡楂。"为什么……他……就这样辞职了，就像其他人一样。说是因为伙食，其实只是想换个地方而已。除了伙食也没有别的什么理由。有一天晚上，他只说'把我的工钱给我'，就像其他人都会说的那样。"

乔治掀开自己床铺上的褥子，看了看下面，又俯下身来，仔细查看了一下稻草垫子。伦尼立刻站起来，学着乔治的样子也对他的床铺检查了一番。最后，乔治似乎很满意。他打开自己的铺盖卷，把东西放在杂物箱的隔板上：他的剃须刀、肥皂、梳子、药瓶、搽剂、皮质护腕带。然后他把床整理好，铺上毯子。老人说："我猜场主马上就会来这儿了。你们今天早上没来，他确实是大动肝火。我们吃早饭的时候他进来说：'真见鬼，那两个新来的到底在哪儿？'后来他还把那个管马厩的家伙给骂了一通。"

乔治轻轻抚平了床上的一道皱痕，然后坐了下来。"把管马厩的家伙骂了一通？"他问道。

"千真万确。你们知道吧，管马厩的家伙是个黑人。"

"黑人，嗯？"

"是的。他也是个好人，是个驼背，后背给马踢了一脚。农场主一生气就会狠狠骂他一顿。不过管马厩的家伙不在乎。他读了很多书。他的房间里有不少书。"

"场主是个什么样的人？"乔治问道。

"嗯，他是个不错的家伙。有时会火冒三丈，不过他人很好。告诉你们吧——知道他圣诞节干了什么吗？他搞了一加仑威士忌来这儿，然后说：'痛快畅饮吧，伙计们。一年只有一回的圣诞节来临啦。'"

"见鬼！他在做什么！整整一加仑吗？"

"是的，先生。天哪，我们玩得可开心了。那晚他们让那个黑人也进来了。那个名叫斯密提的赶牲口的小子和那个黑人较量，打得可精彩啦。大伙不允许他用脚踢，结果那黑人制服了他。如果斯密提能用他的脚踢，他说他会要了那个黑人的命。大伙说，因为那个黑人是驼背，所以斯密提不能用他的双脚。"他停了一下，津津有味地回味着，"在那之后，大伙就去了索莱达，大闹了一场。我没去那里，我可折腾不动了。"

伦尼刚整理完床。木闩又向上动了一下，门开了。一个矮墩墩的男子站在敞开的门口。他穿着蓝色牛仔裤和法兰绒衬衫，黑色没扣扣子的夹克和一件黑色外套。他的两个大拇指插在皮带两侧的方钢扣上。他的头上戴着一顶脏兮兮的棕色斯泰森毡帽，脚踩高跟靴子，还带了马刺，这表明他不是个干活的人。

老杂务工扫了他一眼，随后拖着步子走到门口，边走边用指节揉擦着他的胡须。"他们来了。"他说着，然后拖着步子从场主身边走过，走出了门。

场主迈着一个胖腿男人的短而快的步伐走进房间。"我给默里写过一封信，说我今天早上需要两个人。你拿到工卡了吗？"乔治把手伸进口袋，拿出纸条递给场主。"这不是默里和雷迪的错。上面写着你们今早要来上班的。"

乔治低头看着自己的脚。"大巴司机给我们指错了路，"他说，"我们不得不走了十英里的路。大巴司机说我们已经到了目的地，其实我们并没到。这大早上的我们也搭不到便车。"

场主眯起眼睛。"好吧，我只能让收麦子的人在缺了两个人的情况下开工了。你们现在去也没用，等吃完午饭再说吧。"他从口袋里掏出记工簿，翻到夹着铅笔的那一页。乔治意味深长地皱起眉头望着伦尼，伦尼点头示意心领神会。场主舔了舔他的铅笔。"你叫什么名字？"

"乔治·米尔顿。"

"那你呢？"

乔治说："他叫伦尼·斯莫尔。"

名字都被写入记工簿里了。"让我瞧瞧，今天是 20 号，20 号中午。"他合上了本子，"你们两个小伙子先前在哪里工作？"

"在威德一带。"乔治说。

"你也是吗？"他问伦尼。

"是的，他也是。"乔治说。

场主顽皮地用手指向伦尼。"他不怎么健谈，是吗？"

"对，他不健谈，但他绝对是个好劳力。强壮如牛。"

伦尼笑着自言自语道："强壮如牛。"他复述了一遍。

乔治向他皱了下眉头，伦尼因为忘了先前的承诺，羞愧地垂下头。

场主突然说："听着，斯莫尔！"伦尼抬起头。"你能做什么？"

伦尼慌了神，看向乔治寻求帮助。"无论您吩咐他干什么，他都能干，"乔治说，"他是个赶牲口的好手，他能扛大麦包，还能开耕耘机。他什么活都能干。只要您让他试试。"

场主把矛头转向乔治。"那你为什么不让他自己回答呢？你想耍什么滑头？"

乔治大声插嘴道："噢！我没有说他很聪明。他确实不聪明。但我说他绝对天生是个干活能手，他能扛起一个四百磅重的大麦包。"

场主不慌不忙地将那本记工簿放进口袋里。他把大拇指又重新钩在皮带上，眯起一只眼睛。"我是说——你在兜售什么？"

"嗯？"

"我说你从这家伙身上能捞到什么好处？你是不是想拿走他的报酬？"

"不，我当然不会。你为什么认为我在兜售他呢？"

"好吧，我从来没见过一个人为另一个人这么操心。我只想知道你能得到什么好处。"

乔治说:"他是我的……表弟。我告诉他的老妈我会照顾好他的。他小时候被马踢了脑袋。他人不错,只是不够聪明。但您只要吩咐他干什么,他都能照办。"

场主侧过半个身子。"好吧,上帝都知道他不需要任何头脑去扛大麦包。但你不要耍滑头,米尔顿。我可是会留意你们的。你们为什么辞了威德的活儿?"

"那里的活儿干完啦。"乔治立刻说。

"什么活儿?"

"我们……我们在挖粪池。"

"好吧。但是不要试图耍滑头,因为你跑不掉的。聪明人我见多啦。午饭后跟着收麦子的人出工吧。他们在脱粒机旁捡大麦。你们跟斯利姆一组。"

"斯利姆?"

"是的。赶牲口的大个子。一会儿吃午饭时你们就能见到他了。"他突然转过身朝门口走去,临出门时他又回过身,盯着两人看了好一会儿。

当他的脚步声逐渐消失后,乔治朝伦尼转过身。"所以我让你一句话也不说。你说你会闭上你这张大臭嘴,让我来说。他妈的，差点让我们丢了这份工作。"

伦尼绝望地盯着他的双手。"我忘了，乔治。"

"是啊，你忘了。你总是忘，我临了还得提醒你。"他一屁股重重地坐在床铺上，"现在他盯上我们了。我们得小心点，别再出啥岔子。从今往后，你给我闭上你的大嘴巴。"他郁闷地沉默了下来。

"乔治。"

"你又想干吗？"

"我的脑袋没被马踢过，是吗，乔治？"

"如果踢过的话，那他妈才好呢。"乔治恶狠狠地说，"给别人省了一堆麻烦。"

"你说我是你表弟，乔治。"

"好吧，那是个谎言。我真高兴这是个谎言，要是我真是你的亲戚，我会一枪毙了自己。"他突然停下来，走到敞开的前门口，向外张望了一下。"喂，你在偷听什么？"

老人慢慢地走进房间。他手里拿着扫帚。跟在他身后的是一只跛着脚的牧羊犬，灰色的口鼻，苍白的老眼睛已经失明了。牧羊犬跛着脚挣扎着走到房间的一侧躺了下来。它轻轻地咕噜着，舔着它那斑白的、生了虱子的皮毛。老杂务工一直看着它，直到它安静下来。"我没偷听。我只是站在树荫下给我的狗挠痒。我刚打扫完洗衣房来着。"

"你刚才竖起你的两只大耳朵偷听我们说话来着。"乔治说，"我可不喜欢好管闲事的人。"

老人局促不安地从乔治望向伦尼，然后又从伦尼看向乔治。"我刚回来，"他说，"你们说的话我什么也没听见。我对它们也不感兴趣。农场上干活的人从不偷听别人讲话，也从不问别人问题。"

"不偷听才对，"乔治说，态度稍微平静了一些，"如果他们想在农场上干得长久，就不能干那种事。"不过，老杂务工的辩解让乔治放下了心。"进来坐一会儿吧，"他说，"那可是一条快要死了的老狗啊。"

"是的。我从它还是小狗的时候就养它了。天哪，它年轻力壮时，可是一条好牧羊犬。"他把扫帚靠在墙上，用指关节摩挲着他那长满白胡楂的脸颊。"你觉得场主怎么样？"他问道。

"相当不错。看上去挺好的。"

"他是个好人，"老杂务工赞同道，"你们得好好待他。"

正在他们说话那会儿，一个年轻人走进了房间。他身材瘦削，有一张棕色的脸和一双棕色的眼睛，一头浓密的卷发。他左手戴着工作手套，脚上穿着和老板一样的高跟靴子。"看见我家老头子了吗？"他问道。

老杂务工说："他刚才还在这儿，柯利。我估计他这会儿去厨房了。"

"我去找他。"柯利说。他的目光掠过那两个新来的家伙，随后停了下来。他冷冷地看了一眼乔治，然后又看了看伦尼。他慢慢曲起胳膊，双手紧握成拳头。他紧绷着身子，微微屈膝。他露出了打量和故意挑衅的目光。伦尼被他看得局促不安，紧张地挪动着他的脚。柯利小心翼翼地走近他。"你们就是我家老头子在等的新人吗？"

"我们刚来。"乔治说。

"让这个大个子说话。"

伦尼尴尬地扭动了身子。

乔治说："假如他不想说话呢？"

柯利猛地转过身。"天哪，有人跟他说话，他就得回话。

你他妈的掺和什么？"

"我们是一起来的。"乔治冷冷地说。

"哦，原来如此。"

乔治很紧张，一动不动。"是的，正是如此。"

伦尼一脸无助地望着乔治，等他指示。

"你不让大个子开口说话，是这么回事吗？"

"如果他想告诉你任何事，他可以说话。"他对伦尼微微点了点头。

"我们刚来。"伦尼轻声说。

柯利目不转睛地盯着他。"好吧，下次有人跟你说话的时候，你得回答。"他转身向门口走了出去，他的胳膊肘仍然弯曲着。

乔治目送他出去，然后转身对着老杂务工。"嘿，他肩膀上到底是什么鬼东西？伦尼又没招惹他。"

老人小心翼翼地望了望门口，确保没有人在偷听。"那是场主的儿子，"他平静地说，"柯利身手挺敏捷的。他在拳击场上有两下子，是个轻量级选手，身手挺敏捷的。"

"好吧，算他身手敏捷好啦，"乔治说，"可他用不着和伦尼较劲。伦尼又没招惹他。他为什么要针对伦尼呢？"

老杂务工考虑了一下："嗯……告诉你为什么吧，柯利像许多身材矮小的家伙一样。他憎恨大个子，总爱挑衅大个子。有点像是因为他自己个子小，所以才生大个子的气。你见过像他这样的小个子吧？总是爱和别人打架？"

"当然见过，"乔治说，"我见过很多厉害的小个子。但是柯利最好不要误以为伦尼好欺负。伦尼虽然身手不敏捷，但如果柯利这个衰人故意招惹伦尼，那他一定会受伤的。"

"好吧，柯利身手很敏捷，"老杂务工疑惑地说，"我总觉得不公平。假如柯利攻击某个大个子，并击败了他，大家就都会说柯利是一个多么厉害的人。但假如他做了同样的事，结果被打败了，那么大家又都说大个子应该挑个和自己身材一样的人对阵，甚至他们还会联合起来围攻那个大个子。我总觉得不公平。看来柯利不会给任何人机会的。"

乔治望着门口，先知般地说："好吧，他最好当心伦尼。伦尼不爱打架，但他强壮敏捷，不懂规则。"他走到方桌旁边，在一只箱子上坐了下来。他把桌上散落的扑克牌拢在一起，重新洗牌。

老人坐到了另一个箱子上。"别告诉柯利我说了这些。否则他会打死我的。他根本不在乎。谁也拿他没办法，因为他老爸是场主。"

乔治随意抽出一些牌，并把它们翻过来，看一看，然后把它们扔到一堆牌上。他说："柯利这个家伙听起来就不是个好东西。我不喜欢这种卑鄙的小子。"

"我觉得他最近越发变本加厉了，"老杂务工说，"他两周前结了婚。他老婆住在场主的房子里。好像柯利结婚后就越发目中无人了。"

乔治咕哝着说："也许他是要在老婆面前显摆。"

老杂务工听了他的闲言碎语越发来劲了。"你看到他左手上戴着的那只手套了吗？"

"嗯。我看到了。"

"好吧，那手套里涂满了凡士林。"

"凡士林？涂凡士林干吗？"

"好吧，我告诉你干吗——柯利说，他保养那只手是为了他老婆。"

乔治全神贯注地看着扑克牌。"那么恶心的事情他还到处宣扬。"他说。

老人终于放心了。他从乔治的嘴里套出一句损人的话。他现在觉得安全了，说话也更自信了。"等会儿你们会见到柯利的老婆。"

乔治又抽出了一些纸牌，慢慢地故意地摆成接龙状。"漂亮吧？"他漫不经心地问道。

"是的。漂亮……不过——"

乔治仔细看着他的扑克牌。"不过什么？"

"好吧——她跟别人抛媚眼。"

"是吗？结婚才两星期就跟别人抛媚眼？这也许就是柯利的裤裆里痒痒的原因吧。"

"我看到她对斯利姆抛媚眼。斯利姆是个驾牲口的高手，特好的一个人。斯利姆不用穿高跟靴子就能带好收大麦的队伍。我看见她对着斯利姆抛媚眼。柯利从没见过。我还看见她对着卡尔森抛媚眼呢。"

乔治假装不感兴趣。"看来我们会有好戏看呢。"

老杂务工从坐的箱子上站起来。"知道我是怎么想的吗？"乔治没有回答。"好吧，我觉得柯利娶了个……害人精。"

"他又不是第一个，"乔治说，"娶害人精做老婆的人多了去了。"

老人向门口走去，他那条老态龙钟的牧羊犬抬起头来四处张望，然后痛苦地站起来跟在他后面。"我得给那些家伙准备洗脸盆去了。收大麦的队伍很快就要回来了。你们两个也要去扛大麦包吗？"

"是的。"

"你不会告诉柯利我说的话吧？"

"当然不会。"

"好吧，你回头看看她，先生。你看看她是不是个骚货。"他走出了门，走进了明媚的阳光里。

乔治若有所思地摆弄着手中的扑克牌，把牌分成三堆，在一堆 A 中摆了四张梅花。射入房间的方形光柱现在移到了地板上，苍蝇像火花一样在光柱中飞舞。外面传来马具叮当作响的声音和负重车轴的嘎吱声。远处传来一声清晰的呼喊。"马厩老黑——嘿，马厩老黑！"随后又一声，"那个该死的黑鬼去哪儿啦？"

乔治盯着他的单人接龙游戏的扑克牌，然后把牌拢到一起，转身面朝伦尼。伦尼躺在床上看着他。

"看，伦尼！这地方不好立足。我很怕那个叫柯利的小子会找你麻烦。我以前见过这种情形。他刚才在试探你。他盘算着先把你吓倒，以后一有机会就会揍你一顿。"

伦尼眼露惧色。"我不想惹麻烦，"他哀怨地说，"别让他揍我，乔治。"

乔治站起身，走到伦尼的铺位边坐下。"我讨厌那个混蛋，"他说，"这种人我见得多了。就像那个老家伙说的，柯利不会给任何人得胜的机会。他总是赢。"他思忖片刻，"如果他和你吵架，伦尼，我们就会被解雇。这一点千万不能搞错。他可是场主的儿子。听着，伦尼。你离他远点，好吗？千万别跟他说话。如果他进来，你就到房间另一头去。你愿意这么做吗，伦尼？"

"我不想惹麻烦，"伦尼哀叹道，"我又没招惹过他。"

"好了，如果柯利存心想找人打架，你就算不招惹他也没用。别跟他扯上关系。你记住了吗？"

"当然，乔治。我一句话也不说。"

　　收大麦的队伍走近的声音越来越大，那是牲口在坚硬的土地上踩出的嘚嘚声、刹车的拖拽声和缰绳、链子发出的叮当声。队伍里干活的人们前呼后喊。乔治坐在床沿上挨着伦尼，眉头紧锁地思忖着。伦尼怯生生地问："你没生气吧，乔治？"

　　"我没有生你的气。我是生这个混蛋柯利的气。我还指望在这儿我们能够积攒一点钱——可能是一百美金。"他的语气变得果断起来，"你离柯利远点，伦尼。"

　　"我当然会，乔治。我一句话也不说。"

　　"别让他缠上你——不过——假如那个混蛋打你——你就让他吃不了兜着走。"

　　"让他吃什么，乔治？"

　　"没什么，没什么。我到时候会告诉你。我讨厌那种人。听着，伦尼，如果你遇到什么麻烦，你还记得我叫你怎么办吗？"

　　伦尼用胳膊肘撑起身子。他的脸因费力思考而变得扭曲。而后，他眼露悲伤，看向乔治的脸。"如果我惹上什么麻烦，你就不会让我照料那些兔子了。"

"我不是那个意思。你还记得我们昨晚睡在哪儿吗？河畔上游那里？"

"是的。我记得。噢，我当然记得！我跑去那里，躲在灌木丛里。"

"躲在那里直到我来找你。别让任何人看见你。躲在河畔的灌木丛里。你来说一遍。"

"躲在河畔的灌木丛里，河畔上游的灌木丛里。"

"如果你惹上什么麻烦。"

"如果我惹上什么麻烦。"

屋外传来刺耳的刹车声。一个声音喊道："马厩——老黑。噢！马——厩——老黑。"

乔治说："你自己说几遍，伦尼，这样你就不会忘记了。"

阳光在门口投下的方形光柱忽然被人挡住了，两个人都抬起头来朝门口望去。一个姑娘站在门口往里看。浓妆艳抹的她嘴唇丰满、涂着口红，一对眼睛分得很开。她的指甲涂得血红。她的头发烫成一个个小卷儿，像香肠一般垂着。她穿着一身棉质的裙子，脚踏着一双红色的穆勒鞋，鞋上有红色鸵鸟羽毛组成的小花束。"我在找柯利。"她说。声音中带着尖锐的鼻音。

乔治把目光从她身上移开，然后又移了回来。"他刚才还在这儿，但他已经走了。"

"哦！"她把双手背在身后，倚靠在门框上，身体前倾，"你们是新来的，对吗？"

"是的。"

伦尼的目光上下打量着她，尽管她好像没有看伦尼，但还是显出一点傲慢的模样。她看着她的指甲。"有时候柯利会在这里。"她解释道。

乔治语气粗鲁地说："可他现在不在这里。"

"如果他不在这里，我想我最好还是去别处找找。"她顽皮地说。

伦尼看着她，神魂颠倒。乔治说："我要是看见他，就转告他你在找他。"

她俏皮地笑了笑，扭动着身体。她说："没有人能责怪一个找人的人。"她身后传来有人经过的脚步声。她转过头去。"嗨，斯利姆。"她说。

斯利姆的声音从门口传来。"嗨，美人儿。"

"我正在找柯利，斯利姆。"

"好吧，你没好好找吧。我看见他回家去了。"

她突然感到不安。"再见，小伙子们。"她朝屋子里喊了一声，随后匆匆离开了。

乔治扭头看了看伦尼。"天哪，真是个害人精，"他说，"原来这就是柯利选的老婆啊。"

"她长得真好看。"伦尼辩解道。

"是啊，她可一点儿没藏着掖着。柯利往后有的忙啦。我敢打赌给她二十块钱她就跟别人跑啦。"

伦尼仍然盯着她刚站立的门口。"天哪，她长得真好看呀。"他一脸爱慕地笑着。乔治快速地低头看着他，然后抓起他的一只耳朵摇晃起来。

"听我说，你这个笨蛋疯子。"他凶狠地说，"不准再盯着那个骚货看。我不管她说什么做什么。我以前见过这种女人祸害人，但从没见过比她更厉害的。你离她远点。"

伦尼试着把耳朵挣脱出来。"我什么都没做呀，乔治。"

"不错，你是没做什么。但当她站在门口露大腿的时候，你也没看别的地方呀。"

"我没有恶意，乔治。老实说，我从来没有。"

"好吧，你离她远点，因为她是我见过的最厉害的捕鼠器了。你就让柯利自食其果吧。他反正自作自受。居然还在手套里涂满凡士林。"乔治厌恶地说，"我敢打赌他吃生鸡蛋，还写信给特许药房。"

伦尼突然大喊道："我不喜欢这个地方，乔治。这不是个好地方。我想离开这里。"

"我们得待在这里，直到我们赚到钱。我们没办法，伦尼。我们会尽快离开这里的。我和你一样不喜欢这儿。"他回到桌边，重新开了一局单人接龙纸牌。"对，我不喜欢这儿，"他说，"只要赚到几个钱，我们就离开这里。要是我们口袋里有几块钱，我们就动身去美国河①上游淘金。我们在那里说不定每天能赚几美元，甚至可能会大赚一笔。"

伦尼急切地向他靠去。"我们走吧，乔治。我们离开这儿。这儿让人发狂。"

"我们得留下来，"乔治简洁明了地说，"现在闭嘴。有

---

① 美国河，美国加利福尼亚州最长的河流萨克拉门托河（Sacramento River）的支流。——译者注

人来了。"

从旁边的盥洗室传来流水声和洗脸盆的碰撞声。乔治凝视着扑克牌。"也许我们也该洗漱一下,"他说,"但我们又没做啥弄脏自己的活。"

一个身材高大的男子站在门口。他腋下夹着一顶压扁了的斯特森帽子,手里忙着把他那又长又湿的黑发向脑后梳得笔直。和其他人一样,他穿着蓝色牛仔裤和短牛仔夹克。他梳完头发就走进房间,威武庄重,大概只有皇室成员和工匠大师才能做到这样。他是一个赶牲口的高手、农场的王子,他能用一根缰绳驾驭十头、十六头甚至二十头骡子。他能在不碰到骡子的情况下,用牛皮鞭杀死一只停在领头骡子屁股上的苍蝇。他举止庄重,深沉安静,只要他一开口说话,周遭所有的谈话都瞬间止息。他的威信很高,以至于他谈及的任何话题都会被人信以为真,不管是政治还是爱情。这人就是斯利姆,一个赶牲口的高手。他棱角分明的瘦削的脸庞让他看起来青春永驻。他可能已经三十五岁或五十岁了。他听得多,说得少。他说话语速缓慢,但意味深长,有着超越思想的理解力。他的手又大又瘦,动作像庙宇里的舞者一样

细腻。

他把压扁的帽子弄平，在中间弄出一条折痕，随后戴在了头上。他和善地看着屋里的那两个人。"外面的光线太亮啦，"他温和地说，"这里什么都看不见了。你们是新来的人吗？"

"刚刚来的。"乔治说。

"是要去扛大麦包的吧？"

"场主是这么说来着。"

斯利姆坐在乔治正对面桌子边一个箱子上。他凝视着那几叠倒着的单人接龙扑克牌。"希望你们能分到我的组里，"他语气温柔地说，"我组里有两个废物，他们连大麦包和蓝色的球都分不清楚。你们有没有扛过大麦包呀？"

"见鬼，当然扛过，"乔治说，"我没什么厉害的，但那个大笨蛋扛起大麦包来可是一个能抵俩呢。"

两个人交谈的时候，伦尼的目光在他们间来回移动，听到乔治的这番恭维，他得意地笑了笑。斯利姆用欣赏的目光看着乔治对伦尼的称赞。他俯身靠在桌子上，捻着一张散牌的一角发出噼啪一声。"你们两个是一起过来的吗？"他的语气很友好。没有颐指气使，自然而然便获得了对方的信任。

"当然，"乔治说，"我们是那种彼此照应的同伴。"他用大拇指指了指伦尼，"他不怎么聪明。不过，他是干活的好手。他是个好伙计，不过他不怎么聪明。我认识他很久了。"

斯利姆的目光顺着乔治看向他身后。"能结伴同行的人不多，"他若有所思地说，"我不知道为什么。也许在这个糟糕的世界上，每个人都彼此惧怕。"

"和一个知根知底的人一路同行多好呀。"乔治说。

一个身强体壮、大腹便便的男子走进了房间。由于刚洗漱过，他的头上还滴着水。"嗨，斯利姆。"他说着，然后停下脚步，盯着乔治和伦尼看。

"这两个伙计是新来的。"斯利姆介绍说。

"很高兴见到你们，"大个子说，"我叫卡尔森。"

"我叫乔治·米尔顿。这位是伦尼·斯莫尔。"

"很高兴见到你们，"卡尔森又说道，"他也不是很小①呀。"他因为自己说的笑话，咯咯地轻声笑了起来。"一点

---

① 斯莫尔，原文为"small"，有小的意思。——译者注

儿也不小。"他重复道，"我正想问你，斯利姆，你那条母狗怎么样了？今天早上我没看见它在你的马车底下。"

"它昨晚下了窝小狗崽，"斯利姆说，"总共九只。我当即淹死了四只。它可奶不了那么多。"

"还剩五只，嗯？"

"是的，五只。我留下了那只最大的。"

"你觉得它们会是什么品种的狗呢？"

"我不知道，"斯利姆说，"我猜是些牧羊犬吧。母狗发情那会儿，我看到周围最多的就是牧羊犬了。"

卡尔森接着说："嗯，留下了五只小狗。打算全部养着吗？"

"我不知道。得留它们一阵子，好让它们吸露露的奶。"

卡尔森若有所思地说："好吧，看看这里，斯利姆。我一直在想。坎迪的那条狗太老了，几乎走不动路了，还臭得要命。每次它一进房间，那股臭味两三天不散。你为什么不让坎迪把那条老狗一枪毙了，再送他一只小狗崽养呢？我都能在一英里外闻到那条老狗的气味。那条狗没有牙了，眼也几乎瞎了，还吃不了东西。坎迪喂他牛奶。因为它什么也嚼不动了。"

乔治目不转睛地看着斯利姆。突然，外面响起了击打三角铁的声音，速度由缓而急，随后越来越快，直到一下下的击打声消失在一个正常的回声里。这声音戛然而止，亦如倏忽响起一般。

"要开饭啦。"卡尔森说。

屋外突然响起一群男人走过时发出的说话声。

斯利姆不慌不忙地站了起来。"你们最好趁着还有吃的，赶紧过来吧。再过几分钟可就什么都没有了。"

卡尔森往后退了一步，让斯利姆走在他前面，然后他们走出了门。

伦尼兴奋地看着乔治。乔治把他手里的扑克牌草草拢成一堆。"是啊！"乔治说，"我听见了，伦尼。我会去问问他的。"

"要一只棕色和白色相间的。"伦尼激动地喊道。

"快过来吧。我们先去吃饭。我可不知道他有没有棕色和白色相间的小狗崽。"

伦尼没有离开他的床铺。"你马上去问他，乔治，这样他就不会再弄死小狗崽了。"

"当然。你现在快点过来，赶紧起来。"

伦尼翻身下床站起身，他们两个朝着房门口走去。他们刚走到门口，柯利就冲了进来。

"你们有没有在这附近看到一个女孩？"他气呼呼地问道。

乔治冷冷地说："大概半小时前吧。"

"见鬼，她来这儿干什么？"

乔治一动不动地站着，看着那个生气的小个子。他嘲弄地说："她说——她正在找你呢。"

柯利好像这才真正第一次看清楚了乔治。他的眼睛从乔治身上掠过，将他的身高收入眼底，估摸着他能触及的范围，打量着他精瘦的身材。"好吧，她朝哪条路走了？"他终于开口了。

"我不知道，"乔治说，"我没看着她走。"

柯利怒视着他，转过身，急忙夺门而出。

乔治说："你知道吗，伦尼？我害怕自己会和那个混蛋纠缠不清。我讨厌他。天哪！快走吧。等一下可就什么都没

得吃了。"

他们走出了门。阳光在窗下投下一道窄窄的光线。从远处传来餐碟碰撞的叮当声。

过了一会儿,那条老狗跛着脚从敞开的门里走了进来。它用无精打采、半瞎的眼睛环顾四周。它嗅了嗅,然后躺了下来,把头靠在两只爪子之间。柯利冷不防地又出现在门口,站在那里向屋里张望。老狗抬起头来,柯利一走,它那灰白的脑袋又耷拉回地板上去了。

尽管霞光透过窗户照进室内，但屋子里面依旧一片昏暗。从敞开着的门外传来掷蹄铁游戏的砰砰声，偶尔也有当当声，不时还有人们发出的赞许或嘲笑的声音。

斯利姆和乔治一起走进了昏暗的屋内。斯利姆伸手越过牌桌，打开了铁皮罩的电灯。桌上顿时亮堂了起来，圆锥形的灯罩直直投下一片圆形的光亮，房屋的四角仍旧一片昏暗。斯利姆坐在一个箱子上，乔治坐在他的正对面。

"这没什么，"斯利姆说，"无论如何，我都会淹死它们中的大多数。不用谢我。"

乔治说："这对你来说也许不算什么，可对他来说，却是大事。天哪，我真不知道怎么才能让他回来睡觉。他准想和小狗崽们一起睡在牲口棚里。他要是往狗窝里钻，我们很难拦得住他呢。"

"这没什么，"斯利姆重复道，"不过话说回来，你说得对。也许他不大聪明，但我从没见过这样能干活的人。他在扛大麦包的时候差点没要了他搭档的命。没人能赶得上他。天晓得，我从没见过这么强壮的人。"

乔治自豪地说："但凡不用动脑子的事情，你只要告诉伦尼怎么做，他就会怎么做的。他自己想不出来做什么事情，但他确实能奉命行事。"

屋外传来蹄铁打到铁柱发出的当当声，以及一阵零星的喝彩声。

斯利姆微微向后挪了挪，以免光线直射在他的脸上。"真有趣，你竟然和他形影不离。"斯利姆语气平和，仿佛发出一种信任的邀请。

"这有什么有趣的？"乔治反问道。

"哦，我不知道。几乎没有人会结伴同行。我几乎从来没见过。你知道打工的是什么样的人，他们只是进来找个床铺，干上个把月，然后就辞职只身离开了。他们似乎从不在乎任何人。所以像他这样的一个疯子和像你这样一个聪明的家伙一路结伴同行，看起来挺有趣的。"

"他不是疯子，"乔治说，"他很笨，但他不是疯子。我也没那么聪明，否则我也不会为了五十块钱和免费食宿跑来扛大麦包了。如果我聪明，哪怕就那么一点聪明，我就会有自己的一小片土地，有自己的庄稼收成，而不是像现在这样，干着地里的活，却得不到地里的收成。"乔治沉默了下来。他本想说下去的。斯利姆既不鼓励，也没有打击他。他只是后仰着身子静静地倾听着。

"这没什么有趣的，他和我一路结伴同行。"乔治最后说，"他和我都出生在奥本。我认识他的姑妈克拉拉。当他还是个婴儿的时候，她就开始抚养他了，直到他成人。他姑妈克拉拉死后，伦尼就和我一起出去找活干了。过了一段时间，我们就彼此都习惯了。"

"嗯。"斯利姆说。

乔治看了看对面的斯利姆，看到他那双平静的、神似的眼睛盯着他。"有趣，"乔治说，"我以前和他玩得很开心。我常常拿他开玩笑，因为他太笨了，连自己也照顾不好。但也是因为他太笨了，连我跟他开玩笑他都不知道。跟他在一起我其乐无穷，显得我多么聪明。我叫他干啥，他就干啥。如果我让他走悬崖，他就会走下去。过了一段时间，就没那么好玩了。他倒也从来没有为此生过气。我狠狠打过他，而他只要还手，我全身的骨头都会散架，但他从来没有动过我一根手指头。"乔治的声音带着忏悔的语气，"告诉你我为啥不再捉弄他了。有一天，一群人站在萨克拉门托河边。我当时觉得自己很聪明，就转身对伦尼说：'跳下去。'随即他就跳了下去。他一点也不会游泳。我们把他捞上来的时候，他差点就断气了。他还因为我把他救上来而对我感激不尽，把我叫他跳下河的事忘得一干二净。好吧，我再也不干那种事情了。"

"他是个好人啊，"斯利姆说，"做个好人不需要太聪明。依我看，有时候倒是恰恰相反。拿一个真正聪明的人来说，他往往不是一个好人。"

乔治把散落的扑克牌拢起来，开始玩他的单人接龙游戏。屋外传来脚步声，在黄昏的暮色中窗棂依旧清晰可见。

"我没有任何亲人了，"乔治说，"我看到那些家伙独自一人四处奔波，在农场上干活。那样不好。他们没什么乐趣。

时间久了，人也会变得刻薄。他们总想着挑衅打架。"

"是啊，他们会变得很刻薄，"斯利姆赞同道，"他们变成这样，也就不想和任何人说话了。"

"当然，伦尼大多数时候都烦得要命，"乔治说，"但你一旦习惯了和某人同行，你就不能扔下他不管。"

"他不刻薄，"斯利姆说，"我看得出伦尼一点也不刻薄。"

"他当然不刻薄。但他总是惹麻烦，因为他太蠢了。就拿在威德发生的那件事说吧——"他停了下来，在他翻开一张扑克牌翻到一半时他停了下来。他警觉地瞥向斯利姆。"你不会告诉别人吧？"

"他在威德干了什么？"斯利姆平静地问道。

"你不会说出去吧？……不，你当然不会说出去的。"

"他在威德干了什么？"斯利姆又问了一遍。

"好嘛，他看见了一个穿红裙子的女孩。像他这样的笨蛋，碰到喜欢的东西都想去摸一摸。只想去摸一下。所以他伸手去摸女孩的那条红裙子，那个女孩发出一声尖叫，这让伦尼不知所措，他抓住裙子不放，因为这是他唯一能想到的办法。好嘛，就这样，女孩不停地尖叫。我当时就在附近，听到了一连串的尖叫声，便跑了过来。那时伦尼惊恐万分，他能想到的就是抓住裙子不放。我用篱笆桩敲他脑袋，让他松手。他太害怕了，以至于无法主动放开那条裙子。他太强壮了，这你知道。"

斯利姆眼神平稳，目不转睛。他缓慢地点了点头。"那后来又发生什么？"

乔治精心地摆弄着他的单人接龙扑克牌。"后来嘛，那女孩一溜烟跑了，跟警察说她被强奸了。威德的一帮家伙就跑出来想弄死伦尼。所以，那天剩下的时间，我们就躲到一条灌溉渠里，在水下坐着，只有脑袋在水渠边伸出来。那天晚上我们便匆匆逃离了那里。"

斯利姆沉默地坐了一会儿。"一点也没伤害那个女孩，哈？"他最后问道。

"见鬼，当然没。他只是吓坏她了。如果他抓住我，我也会被吓到的。但他根本没伤到她。他只是想摸摸那条红裙子，就像他总想摸摸小狗崽一样。"

"他人不坏，"斯利姆说，"我能在一英里外就分辨出一个坏家伙。"

"他当然不坏，他会做任何事，只要我——"

伦尼从门口走了进来。他把蓝色牛仔外套像斗篷一样披在肩上，猫着腰走过来。

"嗨，伦尼。"乔治说，"你现在觉得这小狗崽怎么样？"

伦尼气喘吁吁地说："它是棕色和白色相间的，正是我想要的。"他径直走到床铺上躺下，把脸转向墙壁，曲起双腿。

乔治特意放下手中的牌。"伦尼。"他厉声说。

伦尼扭过脖子，目光从他的肩膀穿过。"嗯？干吗，乔治？"

"我告诉过你，你不能把小狗带到这里来。"

"什么小狗，乔治？我没有小狗。"

乔治快步朝伦尼走去，揪住他的肩膀，把他翻过身来，从伦尼腹部的衣服下取出了一只小狗崽。

伦尼赶紧坐了起来。"把小狗给我，乔治。"

乔治说："你快起来，把小狗崽送回狗窝里去。小狗崽得和母狗一起睡觉。你这是想弄死它吗？昨晚刚出生，你就把它从窝里拿出来。你把它送回去，不然我就告诉斯利姆不让你养了。"

伦尼伸出双手恳求道："把小狗崽还给我，乔治。我会把它送回去的。我不想伤害它，乔治。我真的不想伤害它。我只是想摸一会儿它。"

乔治把小狗递给他。"好吧。你快把它送回去，别再带它出来了。否则，等你回过神的时候，你早就把它给弄死了。"伦尼飞快地跑出了房间。

斯利姆一动不动，目光平静地目送着伦尼跑出了门。"天哪，"他说，"他简直就像个孩子，不是吗？"

"不错，他就像个孩子。他能做的坏事与孩子也差不多，只是他太强壮了。我打赌他今晚不会来这里睡觉了。他会睡在牲口棚里那个狗窝旁边。好吧——随他吧。他在那边也不会惹什么祸。"

此时外面几乎全黑了。老坎迪，就是那个杂务工进了屋，走到他的床铺边，那条老牧羊犬颤颤巍巍地跟在他身后。"你好，斯利姆。你好，乔治。你们两个都没去玩掷蹄铁游戏吗？"

"我不喜欢每天晚上都玩。"斯利姆说。

坎迪接着说:"你俩谁有威士忌?我肚子疼。"

"我没有,"斯利姆说,"如果我有的话,我早就自己喝了,即便我肚子不痛。"

"我肚子疼得厉害,"坎迪说,"都怪吃了那些该死的萝卜。我就知道吃了准会肚子疼。"

大个子卡尔森从昏暗的院子里走了进来。他走到床铺的另一端,打开了另一盏带灯罩的电灯。"这里真他妈的黑,"他说,"天哪,那个黑鬼怎么这么会玩掷蹄铁游戏呢。"

"他这方面是很厉害。"斯利姆说。

"你说得对,他真厉害,"卡尔森说,"他不给别人赢的机会——"他停下来,闻了闻房间里的气味,边闻边低下头去看那只老牧羊犬。"我的天哪,这条狗真臭。把他弄出去,坎迪!我不知道还有什么能比这条老狗更臭的了。你得把他弄出去。"

坎迪翻身滚到床边,伸手拍了拍那只老牧羊犬,随后他抱歉地说道:"我和它在一起待太久了,所以闻不出它臭。"

"好吧,我受不了它待在这里。"卡尔森说,"即使它离开屋子，那股臭味依然还在。"他迈着沉重的步子走了过去，低头看着那条狗。"牙都掉光啦，"他说，"它得了风湿病，浑身僵硬。这狗对你没啥用处了，坎迪。活着对它也没什么好处。你为什么不一枪结果了它，坎迪？"

老人局促不安地扭动了一下身子。"得了——真见鬼！我养了它那么久了。从它还是小狗崽的时候就开始养它了。我还和它一起放过羊呢。"他自豪地说，"你别看它现在不怎么样，从前它可是我见过最好的牧羊犬呢。"

乔治说："我在威德看见过一个家伙养了一条能牧羊的万能梗 ①，这牧羊的本事是它从别的狗那里学来的。"

卡尔森没有被岔开的话题分心。"听着，坎迪。这条老狗自己也在受罪。你不如把它牵出去，朝它后脑勺开一枪——"他俯身指了指它，"——就在这里，它永远不会知道被什么东西击中了。"

坎迪不悦地环顾四周。"不，"他轻声说，"不，我不能那样干。我和它在一起那么久了。"

———————————

① 万能梗，一种有黑斑的粗毛大猎犬。——译者注

"它活得毫无乐子，"卡尔森坚持说，"而且它还臭气熏天。告诉你吧。我来替你一枪了结了它。你就不用动手了。"

坎迪把双腿从床铺上伸下来。他焦虑地挠着脸颊上的白胡楂。"我已经习惯有它在了，"他轻声说，"我从它还是小狗崽的时候就养着它了。"

"得了，你让它活着不是善待它。"卡尔森说，"听着，斯利姆的母狗刚下了一窝小狗崽。我敢打赌，斯利姆会给你一条小狗养的，不是吗，斯利姆？"

这位赶牲口的斯利姆一直平静地凝视着那条老狗。"是的，"他说，"如果你想要的话，我可以给你一条小狗崽。"他似乎想把话说透。"卡尔森说得对，坎迪。这条狗活着也是受罪。如果等我老到走也走不动的时候，我也希望有人能给我一枪。"

坎迪无助地看着他，因为斯利姆的意见是法律。"它应该会疼的，"他提议道，"我不介意照顾它。"

卡尔森说："如果我开枪的话，它不会有任何感觉。我会把枪对准这儿。"他用脚趾比画了一下。"正中后脑勺。它甚至连抖都不会抖一下。"

坎迪用求助的目光挨个看着大伙儿。此刻外面已经很黑了。一个年轻的工人进来了。他倾斜的肩膀向前弯着，拖着沉重的步伐，像扛着无形的大麦包。他走到自己床边，把帽子放在架子上。然后，他从架子上拿起一本廉价杂志，把它放在灯光下的桌子上。"我给你看过这本吗，斯利姆？"他问道。

"给我看什么？"

年轻人把杂志翻到封底，放在桌上，用手指了指。"就在那儿，读那个。"斯利姆弯下腰来。"来吧，"年轻人说，"大声念出来。"

"尊敬的编辑。"斯利姆慢悠悠地念道，"我阅读贵刊已长达六年之久了，我认为这是市面上最好的杂志。我喜欢彼得·兰德的小说。我认为他是个顶呱呱的小说家。给我们多刊登一些诸如《黑暗骑士》那样的作品吧。我不怎么写信，只是想告诉您，我觉得贵刊价廉物美、钱花得值。"

斯利姆疑惑地抬起头来。"你让我念这个干吗？"

惠特说："继续念。念最下面的名字。"

斯利姆念道："您企盼的读者，威廉·坦纳。"他又抬头看了一眼惠特。"你让我念这个干吗？"

惠特郑重其事地合上了杂志。"你不记得比尔·坦纳了吗？三个月前他曾在这里干活的？"

斯利姆思忖着。"小个子？"他问道，"开耕种机的家伙？"

"就是他，"惠特喊道，"就是那个家伙。"

"你认为他就是写这封信的家伙？"

"我知道是他写的。有一天，我和比尔在这里。比尔收到一本新出的杂志。他一边看杂志，一边说：'我写了一封信。不知道他们会不会刊登！'但那一期没有刊登。比尔说：'也许他们会把它放到以后刊登。'结果真是这么回事，这一期就刊登出来啦。"

"我想你是对的，"斯利姆说，"这一期刊登出来了。"

乔治伸出手去拿那本杂志。"让我看看吧？"

惠特又找到了那个地方，但他抓住杂志不放手。他用食指指出那封信，然后走到自己床边的置物架前，小心翼翼地把杂志放了进去。"我不知道比尔看到了没有，"他说，"我和比尔在那片豌豆地里干过活，我们俩都开过耕种机。比尔是个非常好的人。"

在谈话中，卡尔森始终没有参与，他一直低头看着那条老狗。坎迪不安地注视着他。最后，卡尔森说："如果你愿意，我现在就把这老畜生从痛苦中解脱出来，把它了结了。它已经一无所有了。不能吃，不能看，甚至连路都快走不动了。"

坎迪满怀希望地说："可你没有枪。"

"谁说我没有。我有一把卢格尔手枪。它会让你的老狗感觉不到一点痛苦。"

坎迪说："要么明天吧。我们等到明天再说吧。"

"我看没必要。"卡尔森说。他走到自己床边，从床底下拖出一个袋子，从里面拿出一把卢格尔手枪。"让我了结了它吧，"他说，"我们可受不了和它这臭气熏天的气味睡觉。"他把手枪插进屁股后面的口袋里。

坎迪眼巴巴地望着斯利姆，试图找到一些逆转的机会。可斯利姆一点也没有给他。最后，坎迪低声绝望地说道："好吧——你把它带走吧。"他没低头看一眼他的狗。他躺回自己的床上，双臂交叉放在脑后，凝视着天花板。

卡尔森从上衣口袋里掏出一根小皮带。他弯下腰把它系在那条老狗的脖子上。除了坎迪，所有人都注视着他。"来吧，孩子。来吧，孩子。"他温柔地说。接着他满怀歉意地对坎迪说："它不会有任何痛苦的。"坎迪一动不动，沉默不语。卡尔森拉了拉小皮带。"来吧，孩子。"老牧羊犬缓慢地、僵硬地站了起来，跟着那条轻轻拉着的皮带走去。

斯利姆说："卡尔森。"

"嗯？"

"你知道该怎么办。"

"你什么意思，斯利姆？"

"拿把铲子。"斯利姆简短地说。

"噢，当然！我明白你的意思了。"卡尔森牵着老牧羊犬，走入了屋外的黑暗中。

乔治跟着走到门口，关上门，轻轻地把门闩落下。坎迪直挺挺地躺在床上，凝视着天花板。

斯利姆大声说："我看管的一头领头骡子的蹄子裂了。我得给它涂点沥青上去。"他的声音越说越小。屋外一片寂静。卡尔森的脚步声渐渐消失了。寂静笼罩着屋内，沉默在蔓延。

　　乔治咯咯笑起来："我敢打赌，伦尼和他的小狗崽正在外面的牲口棚里。他现在有小狗崽，才不想再回到这里来。"

　　斯利姆说："坎迪，我的那些小狗崽里，你想养哪条就养哪条。"

　　坎迪依然沉默不语。寂静又一次笼罩屋内。这死寂源自黑暗，侵入了屋内。乔治说："有人想玩尤克牌戏①吗？"

　　"我和你玩几把。"惠特说。

　　他们俩面对面坐在灯光下的桌子边，但乔治没有洗牌。他紧张兮兮地摆弄着一副牌，牌的边缘在他手下如波浪般起伏，轻微的啪啪声吸引了屋子里所有人的目光，于是他停了下来。寂静再一次笼罩了屋内。一分钟过去了，又是一分钟过去了。坎迪一动不动地躺着，凝视着天花板。斯利姆注视了他片刻，随后低头看了看他的双手。他用一只手按住了另一只手，把它压了下去。地板下传来细微的啃咬声，大家都满怀感激地低下头朝发出声音的地方望去。只有坎迪一如既往地凝视着天花板。

------

① 尤克牌戏，一种纸牌游戏。——译者注

"听起来好像有只老鼠在下面，"乔治说，"我们应该在下面放个捕鼠器。"

惠特脱口而出道："怎么磨蹭这么久？发牌呀，愣着干吗？这样我们还玩什么尤克牌啊。"

乔治把牌紧紧地拢在一起，仔细地看着牌的背面。寂静再一次笼罩着屋内。

远处传来一声枪响。大家急忙将视线投向老坎迪。每个人的头都转向他。

他依然凝视着天花板，看了一会儿，然后慢慢地翻过身，面朝墙壁，静静地躺着。

乔治大声地洗完牌，然后发牌。惠特把一块计分板拉到身边，然后把木钉挪回起点。惠特说："我想你们俩是真的要来干活的。"

"你这话是什么意思？"乔治问道。

惠特笑了起来。"好吧，你们星期五到，要干上两天活才到星期天。"

"我不明白你是怎么算的。"乔治说。

惠特又笑了。"如果你在这些大农场干久了，你就会明白了。想来农场混的人会星期六下午来。这样他可以享用星期六的晚饭和星期天的三顿饭，等星期一早上吃完早饭他就可以甩手走人啦。但你们是星期五中午到的，不管你怎么算，你们都得干上一天半的活儿。"

乔治心平气和地看着他。"我们准备待上一段时间。"他说，"我和伦尼想攒一笔钱。"

门悄悄地开了，马厩黑鬼探进脑袋，脸上布满痛苦的褶子，一副忍气吞声的神情。

"斯利姆先生。"

斯利姆把目光从老坎迪身上移开。"嗯？哦！你好，克鲁克斯。怎么了？"

"您让我加热沥青给那只骡子的蹄子涂。我已经把它加热好了。"

"哦！相当好，克鲁克斯。我马上出来给它涂。"

"如果您愿意，我可以给它涂，斯利姆先生。"

"不用了，我自己来。"他站起身来。

克鲁克斯说："斯利姆先生。"

"怎么啦？"

"那个新来的大个子正在牲口棚那儿折腾你的小狗崽。"

"好吧，他不是在搞破坏。我给了他一只小狗崽。"

"我只是想告诉你，"克鲁克斯说，"他把它们从狗窝里拿出来，然后不停地摸它们。那对小狗崽不好吧。"

"他不会伤害它们的，"斯利姆说，"我现在就和你一起过去。"

乔治抬起头来。"如果那个笨蛋疯子玩得太过分，你就一脚把他踢出去，斯利姆。"

斯利姆跟着马厩黑鬼走出了房间。

乔治发完牌，惠特拿起他的牌仔细审视。"见到那个新来的小娘儿们了吗？"他问道。

"什么小娘儿们？"乔治问道。

"哎呀，柯利刚娶的老婆呀。"

"哦，我见过她了。"

"好吧，她不是个骚娘儿们吗？"

"我还没怎么见过她。"乔治说。

惠特慢条斯理地放下手中的牌。"好吧，你在附近转转，睁大眼睛瞧好。到时候你就会见得多了。她什么也不遮掩。

我从没见过像她这样的人。随时随地、不分对象地向人抛媚眼。我敢打赌她甚至对马厩黑鬼也抛媚眼。我不知道她到底想要干吗。"

乔治漫不经心地问:"她来这儿以后,惹了什么麻烦没?"

很明显,惠特对他手上的扑克牌不感兴趣。他把手中的牌放下,乔治把它们收了起来。乔治不慌不忙地摆起他的单人接龙游戏——先是七张牌,上面再放上六张,六张上面再叠放五张。

惠特说:"我明白你的意思。不,还没发生什么。柯利像内裤里爬进了小黄蜂似的焦躁不安,不过仅此而已。每次只要有男人在,这女人就会出现。她不是来找柯利,就是来找她在附近落下的什么东西。她好像离不开男人。而柯利的裤裆里总像爬满了蚂蚁似的,但他们还没惹出什么事情来。"

乔治说:"她会惹出麻烦的。他们会因为她惹出大麻烦的。她就是个祸水诱饵,正等着人上钩。那个柯利真是给自己找麻烦。农场上住着一群男人,就不是姑娘该待的地方,尤其是像她这样的姑娘。"

惠特说:"你要是有想法,明天晚上就和我们一起进城。"

"为什么？进城干吗？"

"像平常一样。我们去逛老苏西的店。那真他妈的是个好地方。老苏西是个有趣的人，总爱开玩笑。就拿上周六晚上来说吧，我们到了她门口，苏西开了门，随即扭过头大声喊道：'穿上外套，姑娘们，警长来啦。'她从不说脏话，她那儿有五个姑娘。"

"这得花多少钱？"乔治问。

"两块五。你可以花两角五分买杯酒喝喝。苏西那儿也有坐着很舒服的椅子。如果客人不想找姑娘，他们可以就坐在这些舒服的椅子上喝上两三杯，打发一天的时光，苏西对此一点也不在乎。就算客人们不找姑娘，她也不会把他们撵出去。"

"这地方倒是可以去见识一下。"乔治说。

"当然。一起去吧。真是太有趣了——她总是开玩笑。就像她有一次说的，她说：'我认识一些人，要是在地板上铺一块破布地毯，在留声机上摆上一盏丘比特娃娃造型的台灯，他们就会认为自己在经营一家高级窑子了。'她那是在

说克拉拉的店。苏西接着说：'我知道你们小伙子想要什么。'她说，'我这里的姑娘干净得很，'她说，'我这儿的威士忌不掺水。'她说，'如果你们中有谁想看看那盏丘比特娃娃造型的台灯，冒险让自己中招，你们知道该去哪儿。'她说，'这里有些人迈着罗圈腿，就是因为他们想去看丘比特娃娃造型的台灯。'"

乔治问："克拉拉经营了另一家窑子，是吗？"

"是的，"惠特说，"我们从不去那里。在克拉拉那里快活一次要收三块钱，喝一杯要收三角五，而且她从不开玩笑。但是，苏西的地方干净，还有坐着舒服的椅子。她也不让举止轻佻的人进去。"

"我和伦尼要攒一笔钱，"乔治说，"我可能会进去坐一会儿，喝一杯，但我不会掏两块五的。"

"好吧，男人有时候总得享受一下才是。"惠特说。

门开了，伦尼和卡尔森一块儿走了进来。伦尼蹑手蹑脚地走到床边坐下，试图不引起别人的注意。卡尔森把手伸到床底下，拖出他的包。他没有去看依然面朝墙壁的老坎迪。卡尔森从包里找到一根小清洁棒和一罐油，他把它们放在床上，然后拿出手枪，取出弹匣，啪的一声把子弹从弹膛里退了出来。然后他开始用小清洁棒清理枪膛。枪的抛壳挺发出啪的声响时，坎迪转过身来，看了一会儿那把枪，然后又翻过身面朝墙壁。

卡尔森漫不经心地说："柯利来过了吗？"

"没。"惠特说，"柯利怎么啦？"

卡尔森眯着眼朝枪管里看。"找他老婆呗。我看见他在外面到处找。"

惠特讽刺地说："他花一半的时间在找他老婆，剩下的时间他老婆在找他。"

柯利情绪激动地冲进房间。"你们有谁看见我老婆了吗？"他问道。

"她没来过这里。"惠特说。

柯利面带恐吓地环顾了整个房间。"他妈的，斯利姆到哪里去啦？"

"到牲口棚那儿去了，"乔治说，"他要给一头蹄子开裂的骡子涂点沥青。"

柯利垂下双肩，随后又挺直了身子。"他走了多久？"

"五到十分钟吧。"

柯利夺门而出，砰的一声关上了身后的门。

惠特站了起来。"我想我还是去看看吧，"他说，"柯利只是成心想打架，不然他不会跑去找斯利姆。柯利身手敏捷，真他妈敏捷。他打进过'金手套'拳王赛决赛。他还保存着相关报道的剪报呢。"他考虑了一下，"但同样，他最好别去招惹斯利姆。谁都不知道斯利姆会干出什么事情来。"

"他认为斯利姆和他老婆在一起，是吗？"乔治说。

"看起来像，"惠特说，"当然斯利姆不会。至少我认为斯利姆不会。但万一发生争执，我倒是想去看看。走吧，我们一起去看看吧。"

乔治说："我就待在这儿吧。我不想卷入任何是非里去。伦尼和我还要攒一笔钱呢。"

卡尔森清理完手枪后把枪放进包里，又把包推到床铺底下。"我想我要出去看看她。"他说。老坎迪一动不动地躺在床上，伦尼小心翼翼地看着乔治。

当惠特和卡尔森出去关上门时，乔治转向伦尼。"你在想什么呢？"

"我什么都没做，乔治。斯利姆说我最好暂时不要总去摸那些小狗崽。斯利姆说，这对它们不好。所以我就进来了。我一直很乖，乔治。"

"我正要告诉你这一点呢。"乔治说。

"好吧，我没有伤害它们中的任何一只。我只是把我的那只小狗崽放在大腿上摸摸而已。"

乔治问道："你在牲口棚看到斯利姆了吗？"

"我当然看到啦。他告诉我，最好不要再摸那只小狗崽了。"

"你看见那姑娘了吗？"

"你是说柯利的老婆吗？"

"是啊。她去牲口棚了吗？"

"没，反正我从没看到她。"

"你从没见过斯利姆和她说话吗？"

"没，没。她没在牲口棚。"

"好吧，"乔治说，"我猜那两个家伙不会看到打架的场面了。如果有人打架，伦尼，你别插手。"

"我压根不想打架。"伦尼说。他从床上起身，坐在乔治对面的桌子旁。乔治几乎下意识地洗着牌，玩起他的单人接龙游戏，一副深思熟虑、慢条斯理的模样。

伦尼伸手拿起一张人脸扑克牌，仔细看着，然后又把它翻过来仔细观察。"两头都一样，"他说，"乔治，为什么扑克牌两头都是一样的？"

"我不知道，"乔治说，"它们就是这样的。你看到斯利姆的时候，他在牲口棚里干什么？"

"斯利姆？"

"是的。你在牲口棚里见过他，他告诉你不要总摸小狗崽。"

"哦，是的。他拿着一罐沥青和一把油漆刷。我不知道他要干吗。"

"你确定那个姑娘没进牲口棚，就像今天她来我们这里一样？"

"没，她绝对没进牲口棚。"

乔治叹了口气。"还是窑子好，"他说，"男人可以进去一醉方休，把身体里的东西一扫而空，还不会有任何麻烦。并且他也知道会花掉多少钱。不像这些祸水啊，上了她们的钩就只能蹲班房啦。"

伦尼充满钦佩地听着他说的话，嘴唇微微动着，以便跟上他的节奏。乔治接着说："你还记得安迪·库什曼吗，伦尼？上过文法学校的那个？"

"是从前他老婆给孩子们做热蛋糕的那个吗？"伦尼问道。

"对，就是这个。只要是和吃相关的，你什么都记得住。"乔治仔细地看着单人接龙扑克牌。他在他的记分板上放了一张 A，又在上面堆了方片二、三和四。"安迪现在在圣昆丁监狱，因为一个荡妇。"乔治说。

伦尼用手指敲着桌子。"乔治？"

"嗯？"

"乔治，我们还要多久才能有一小块地，我们可以靠那片土地过日子——养兔子？"

"我不知道，"乔治说，"我们得一起攒一大笔钱。我知道有块土地可以便宜到手，但人家不会白送你的。"

老坎迪慢慢地翻过身来。他的眼睛睁得大大的，仔细地看着乔治。

伦尼说："说说那块土地吧，乔治。"

"昨晚我刚对你说过呀。"

"继续——你再说一遍，乔治。"

"好吧，那是一块十英亩的土地，"乔治说，"里面有一架小风车，有一幢小木屋，有一个养鸡场，有一间厨房，有一座果园，那里种着樱桃树、苹果树、桃树、杏子树、坚果树和各样的浆果。那里有一片苜蓿地，有丰沛的水量浇灌它们。那里还有一个猪圈——"

"还有兔子，乔治。"

"现在那里还没有养兔子的地方，但我可以轻轻松松地盖几个兔子窝，你可以用苜蓿草喂兔子。"

"没错，我可以喂草。"伦尼说，"你说得太对啦，我可以的。"

乔治放下手中摆弄的扑克牌，他的声音变得越发温暖了。"我们还可以养几头猪。我可以盖一间从前爷爷盖过的那种烟熏房，当我们杀猪的时候，我们可以熏肉、熏火腿，做香肠之类的食物。当三文鱼逆流而上时，我们可以捕他个上百条，然后用盐腌制起来，或者烟熏一下。我们可以把它们当早饭吃。没有什么比烟熏三文鱼更好吃的了。在水果收获的时节，我们可以把它们做成罐头——还有番茄，也很容易做成罐头。每到礼拜天，我们可以杀只鸡或宰个兔子，我们或许还会养一头奶牛或一只山羊，而且奶油非常浓稠，你得用刀切开，然后用勺子舀出来。"

伦尼睁大眼睛看着他，老坎迪也注视着他。伦尼轻声说："我们可以靠那片土地过日子。"

"当然，"乔治说，"菜园里种着各种各样的蔬菜，如果我们想要来点威士忌，我们可以卖掉几个鸡蛋什么的，或者卖掉点牛奶。我们就住在那里。我们属于那里。我们再不需要四处奔波，靠吃日本佬的饭过日子了。不，阁下，我们会有属于自己的土地，而不用再睡在集体宿舍里了。"

"说说我们住的房子吧，乔治。"伦尼恳求道。

"当然，我们会有一幢小房子，一个属于自己的空间。里面有一个小型的铁炉，冬天我们会在炉子里生起火来。我们拥有的土地不多，所以我们也不用过于劳累。也许一天干上六七个小时。我们就不必一天背十一个小时的大麦包挣钱了。而且等我们在地里种上庄稼，哎呀，我们就能在那儿坐等收成啦。我们会知道我们的种植会带来什么收获。"

"还有兔子，"伦尼急切地说，"我会照料它们的。说说我怎么照料兔子吧，乔治。"

"当然，你会到外面的苜蓿地里去，你手里拿着一个袋子。你会在袋子里装满苜蓿草，然后带回家，把草放进兔子笼里。"

"它们会啃的，它们会啃的，"伦尼说，"兔子就是那样的，我见过的。"

"每过六个星期左右，"乔治接着说，"兔子就会产一窝，这样我们就有足够多的兔子可以供我们吃和出售啦。我们再养几只鸽子，它们会在风车周围飞来飞去，就像我小时候见过的那样。"他出神地看着伦尼脑袋上方的墙壁，"这将是我们自己的，没有人能解雇我们。如果我们不喜欢某人，我们就可以说：'滚出去。'天哪，他就必须走人。如果某位朋友来了，哎呀，我们有空余的床铺，就可以说：'你何不就在这儿过夜呢？'天哪，他就会留下来过夜。我们还要养一条塞特猎犬和两只条纹猫，但你得留心猫，别让它们抓到小兔子。"

伦尼气喘吁吁。"你尽管让它们去抓兔子试试，看我不拧断它们该死的脖子。我要……我要用棍子把它们敲死。"他平静了下来，自言自语地嘀咕着，威胁着那些胆敢惊扰未来兔子的未来的猫们。

乔治坐在那里，陶醉在自己想象的情景里。

当坎迪开口说话时，他们俩都跳了起来，好像他们在做一件应受谴责的事而被抓住了似的。坎迪说："你知道这样的地方在哪里吗？"

乔治立刻戒备起来。"就算我知道吧，"他说，"这跟你有什么关系？"

"你不必告诉我它具体在哪里。什么地方都有可能。"

"当然，"乔治说，"没错。你一百年都找不到的。"

坎迪兴奋地接着说道："那样一块土地要花多少钱呀？"

乔治满腹狐疑地看着他。"嗯——我可以花六百美元买下它。那块土地的主人是一对已经彻底破产了的老夫妻，老太太还需要动手术。跟你说吧——这与你有什么关系？你跟我们没有任何关系。"

坎迪说："我只剩一只手了，行动很不方便。我在这个农场上失去了我的一只手，所以他们给了我一份工作。他们还赔给了我二百五十美元，因为我失去了一只手。我现在在银行里还存了五十多块钱。那总共是三百美元，到月底我还有五十美元进账。告诉你们——"他迫切地向前倾斜身子，"假如我和你们一起合作，那我就投三百五十美元。我干活不太利索，但我可以做饭、喂鸡、给菜园锄草。怎么样？"

乔治半闭着眼睛。"我得好好想想。我们一直都打算自己干的。"

坎迪打断了他的话："我会立个遗嘱，万一我翘辫子了，我会把我的那份留给你们，因为我无亲无故。你们俩还有钱吗？也许我们现在就可以把这块地买下来？"

乔治厌恶地往地板上吐了口唾沫。"我们俩总共有十块钱。"然后他若有所思地说，"听着，如果我和伦尼干上一个月，什么钱也不花，我们就可以攒一百块钱了。这样我们合起来就有四五百块钱啦。我敢说我们就可以先把土地抵押下来。然后你和伦尼先过去，我再找一份工，积攒剩下的钱，你们也可以卖些鸡蛋什么的。"

他们陷入了沉默。彼此面面相觑，心中赞叹不已。这件他们从未真正相信过的事情即将梦想成真。乔治崇拜地说："我的天！我打赌我们可以买下那块土地。"他的目光充满惊叹的神情。"我打赌，我们可以买下那块土地。"他轻声地重复道。

坎迪坐在他的床铺边，神情紧张，抓着手腕的残端。"我是四年前受伤的，"他说，"他们很快就会让我走人。一旦我不能打扫宿舍了，他们就会把我送到救济院去。或许我把钱给你们，就算我不中用了，你们还会留我在菜园里锄锄草，到时我还可以洗洗碗、喂喂鸡啥的。但我总归是在属于我们自己的土地上，是在属于我们自己的土地上干活。"他悲惨地说，"你们看到今晚他们是如何对待我的狗了吧？他们说，我的狗不中用了，对其他人也没有任何用处了。到他们撵我离开这里时，我巴不得什么人一枪毙了我。但他们不会那样做的。我将无处可去，我再也找不到工作了。等你们准备好辞职的时候，我还能再挣三十美元。"

乔治站了起来。"我们会买下那块土地的，"他说，"我们可以搞定那块小土地，然后在那里生活。"乔治又坐了下来。三个人一动不动地坐着，都陶醉于这美丽的景象之中，每个人的心里都在憧憬着买下那片土地之后的蓝图。

乔治叹为观止地说："假如城里有狂欢节，或来了个马戏团，或有一场球赛，或任何好玩的东西。"老坎迪赞赏得频频点头。"我们就只管去，"乔治说，"我们不需要问任何人。只要说'我们去'就能去。只要给奶牛挤个奶，给鸡喂些谷子，然后就出发。"

"还要给兔子喂些草，"伦尼插嘴道，"我永远不会忘记喂它们的。我们什么时候才能这样做呀，乔治？"

"一个月后。一个月后就可以了。知道我要做什么吗？我打算给那对拥有土地的老夫妻写一封信，告诉他们我们要买下那块土地。坎迪还可以先寄一百块钱去当定金。"

"当然会的，"坎迪说，"他们那儿的炉子好用吗？"

"当然，那里的炉子好用得很，煤炭或木头都能烧。"

"我要带上我的小狗，"伦尼说，"我以基督的名义打赌，它会喜欢那里的，以耶稣的名义。"

外面传来说话的声音。乔治急忙说："不要把这件事告诉任何人。只有我们三个知道，跟其他任何人都别说。不然他们会解雇我们，那样的话我们就攒不到那笔钱了。我们要像后半辈子都在这儿扛大麦包挣钱一样，然后突然有一天我们会把工资领好，然后赶紧离开这里。"

伦尼和坎迪点点头，他们高兴地咧嘴笑了。"不要告诉任何人。"伦尼自言自语道。

坎迪说："乔治。"

"嗯？"

"我应该亲自开枪打死那条狗，乔治。我不应该让陌生人打死我的狗。"

门开了。斯利姆走了进来，后面跟着柯利、卡尔森和惠特。斯利姆的手被沥青染黑了，他愁眉不展。柯利紧随其后。

柯利说："好啦，我没别的意思，斯利姆。我只不过问问你罢了。"

斯利姆说："得了，你问我的次数也太多了。我受够了。如果你都看不住你该死的老婆，你还指望我干什么？你离我远点。"

"我只是想告诉你我没什么别的意思，"柯利说，"我只不过觉得你可能见过她。"

"你为什么不告诉她，她应该待在家里，那里才是她该

92

待的地方？”卡尔森说，“你让她老在我们宿舍周围瞎转悠，过不了多久，你准惹上麻烦，到那时你就无能为力了。”

柯利猛地朝卡尔森转过身。“这事不用你管，除非你想去外面跟我单挑？”

卡尔森哈哈大笑起来。“你这该死的废物，”他说，“你想吓唬斯利姆，结果不管用。斯利姆反过来把你给唬住了。你个胆小鬼，像青蛙肚皮一样的软柿子。我才不在乎你是不是这个国家最优秀的轻量级拳击手呢。你尽管放马过来，看我不一脚踢掉你那该死的脑袋。”

坎迪也兴致勃勃地加入了这场唇枪舌剑的对话。“手套里还涂满了凡士林。”他厌恶地说。柯利瞪了他一眼，便移开目光，落到伦尼身上时他的眼睛一亮。伦尼仍然陶醉在那座农场的想象中，心满意足地微笑着。

柯利像条小猎狗似的向伦尼走去。“见鬼，你在笑什么？”

伦尼一脸茫然地看着他。“嗯？”

这时柯利的怒火爆发了。“来吧，你这个大笨蛋。站起来。没有哪个大个子敢嘲笑我。我让你瞧瞧谁是软蛋。”

伦尼无助地看了乔治一眼，然后他站起身，想向后退。柯利平衡了一下身体，摆好架势。他朝伦尼挥了一记左拳，紧接着又朝伦尼的鼻子挥了一记右拳。伦尼惊恐万状地大叫起来。血从他的鼻子里喷涌而出。"乔治，"他叫道，"让他放过我，乔治。"他一路后退，直到顶住墙壁，柯利步步紧逼，一拳拳打在他的脸上。伦尼的手一直放在身体两侧，他吓得都没有还手之力。

乔治站起来大喊道："按住他，伦尼。别让他打你。"

伦尼用他的大手掌捂住脸，惊恐万状，声音颤抖。他喊道："让他停手，乔治。"话音刚落，柯利便给他腹部来了一拳，让他喘不过气来。

斯利姆跃身而起。"你这卑鄙小人，"他叫道，"我来按住你。"

乔治伸出手抓住斯利姆。"等一下。"他喊道。他用手在嘴周围窝成杯子状，大声吆喝道："按住他，伦尼！"

伦尼把双手从脸上移开，四处寻找乔治，柯利挥拳打向他的眼睛，打得那张大脸血肉模糊。乔治又大喊了一声："我叫你按住他。"

伦尼伸出手，恰巧抓住了柯利挥舞的拳头。下一刻，柯利如同鱼线上上钩的鱼似的扑腾起来，紧握的拳头没入了伦尼的大手中。乔治跑过来。"放开他，伦尼，快放开。"

但是伦尼只是惊恐地看着他手下这个来回扑腾的小个子男人。鲜血顺着伦尼的脸流淌下来，他的一只眼睛被打裂开来，只能闭着。乔治不停地扇他耳光，伦尼仍然紧紧握着柯利的拳头。此刻柯利脸色惨白，蜷曲着身子，逐渐放弃了挣扎。他站在那里哭着，拳头被伦尼的大手掌紧紧握住。

乔治一遍又一遍地喊道："放开他的手，伦尼，放开。斯利姆，趁那家伙的手还没被捏碎，快来帮我一把。"

突然，伦尼松开了他的手，蜷缩着靠在墙上。"你叫我按住他的，乔治。"他痛苦地说。

柯利瘫坐在地板上，难以置信地看着他那只被捏碎的手。斯利姆和卡尔森在他旁边俯下身来。斯利姆随即挺直身子，惊恐地看了一眼伦尼。"我们得送他去看医生，"他说，"我瞧着，他手上的每根骨头都碎了。"

"我不想的，"伦尼叫道，"我不想伤害他的。"

斯利姆说："卡尔森，你去把马车套好。我们得送他去索莱达治疗。"卡尔森急忙走了出去。斯利姆转向呜咽着的伦尼。"这不是你的错,"他说,"这个蠢货咎由自取。但是——天哪!他的手基本上被捏碎了。"斯利姆匆忙走出门,过了一会儿又拿了一个装满水的锡杯回来。他把杯子放到柯利的嘴边。

乔治说:"斯利姆,我们现在会被开除吗?我们需要那笔钱。柯利的老爸现在会开除我们吗?"

斯利姆苦笑着。他跪在柯利旁边。"你有足够的意识听我们说话吗?"他问道。柯利点了点头。"好,听着,"斯利姆接着说,"我想你的手是被机器伤到的。如果你不告诉任何人发生了什么,我们也不会。但你如果说出实情,并设法炒这家伙鱿鱼,我们也会告诉所有人。到头来,你会成为笑柄的。"

"我不会说的。"柯利说。他回避着不去看伦尼。

外面响起了马车轮子的声音。斯利姆搀扶着柯利站了起来。

"来吧。卡尔森会送你去看医生的。"他扶着柯利走出了门。车轮的声音渐行渐远。过了一会儿,斯利姆回到了屋内。他看着仍然恐惧地蹲靠在墙边的伦尼。"让我们看看你的手。"他要求道。

伦尼伸出双手。

"我的天哪，我可不想让你对我生气。"斯利姆说。

乔治插嘴道："伦尼只是被吓着了，"他解释道，"他不知道该怎么办。我告诉过你，谁也不应该和他打架。不，我想是我对坎迪说过的。"

坎迪郑重其事地点了点头。"你是这么说过来着，"他说，"就在今天早上，当柯利第一次找你朋友碴儿的时候，你说：'他最好不要去招惹伦尼，否则对他没好处。'这就是你对我说过的话。"

乔治转向伦尼。"这不是你的错，"他说，"你不用再害怕。你只不过做了我让你做的事。你最好还是去洗把脸。你看起来糟透了。"

伦尼咧开被打青的嘴笑了笑。"我不想惹麻烦。"他说。他朝门口走去，但就在他走到门口前，他转过身来。"乔治？"

"你想要什么？"

"我还能照料那些兔子吗，乔治？"

"当然可以。你又没做错什么。"

"我不是故意伤害他的，乔治。"

"好啦，赶紧滚出去洗把脸吧。"

克鲁克斯是负责马厩的黑人，他的床铺就在马具房里，一个靠在牲口棚墙壁的简易小房子。小房子的一侧有一扇四格方形窗户，另一侧有一扇通向牲口棚的狭窄的木板门。克鲁克斯的床铺是一个填满稻草的长箱子，上面扔着他的毯子。靠窗的墙上钉着钉子，上面依次挂着有待修复的破损马具，还挂着几条崭新的皮带。窗户下面有一张小长凳，上面摆着加工皮革的工具，有弯刀、针和亚麻线团，还有一个手工操作的小铆枪。墙上的钉子上还挂着几件零散的马具、一个裂开的露出马鬃的马项圈、一条断了的马轭，还有一根表皮已经开裂了的缰绳链。克鲁克斯的床铺上方也有一个杂物箱，里面放着各种药瓶，这些瓶子里的药既有给他自己吃的，也有供马服用的。箱子上面还摆放着几罐马鞍皂和一罐滴滴答答的沥青，油漆刷从罐子口探出了脑袋。地上散落着许多私人物品，因为克鲁克斯独自一人住，所以他可以到处乱放他的物品。他负责马厩事务，是个跛腿，相对其他人，他的差事更稳定持久。他积累了不少个人物品，多到他都无法随身带走。

克鲁克斯有几双鞋、一双橡胶靴、一个大闹钟和一支单管猎枪。他还有几本书，一本破旧的字典和一本 1905 年版的《加利福尼亚民法典》。他的床铺上方还有一个很特别的架子，上面摆满了破旧的杂志和一些淫秽书籍。在他床铺上方的墙壁上还钉着一个钉子，上面挂着一副硕大的金边眼镜。

这间屋子打扫得干净整洁，因为克鲁克斯是个骄傲清高的人。他离群索居，与其他人保持着距离，也要求其他人同他保持距离。由于脊柱弯曲，他的身子倾向左侧。他的眼睛深陷，这使他的目光似乎闪烁着强烈的光芒。他瘦削的脸庞布满了深深的黑色皱纹，他薄薄的嘴唇因疼痛而紧紧抿着，唇色比他的脸色显得更淡。

那是星期六的晚上。透过通向牲口棚敞开着的门，传来了骡马的声响，有蹄子踩踏地面的声音，有骡马用牙咀嚼干草的声音，以及缰绳链子抖动时发出的嘎吱声。在马厩黑鬼的房间里，一盏小小的球状电灯投下一片微弱的黄色的光。

克鲁克斯坐在他的床上。他衬衫的后摆从牛仔工装裤里扯了出来。他一只手握着一瓶搽剂，另一只手搓揉着自己的脊柱。他时不时地往红润的手心里倒上几滴搽剂，再把手伸进后背的衬衫下面搓揉起来。他绷紧背部的肌肉，身子颤抖着。

伦尼悄无声息地出现在敞开的门口，站在那里往里看，他的大肩膀几乎填满了整扇大门。一开始，克鲁克斯没有看见伦尼。但当他抬起眼睛，立刻身子一僵，皱起了眉头，手从衬衫下面抽了出来。

伦尼不知所措地笑着，企图示好。

克鲁克斯厉声道："你无权进入我的房间。这是我的房间。除了我，没人有权利进来。"

伦尼咽了口唾沫，脸上的笑容显得越发谄媚了。"我什么也没干，"他说，"只是过来看看我的小狗崽，正好看见你房间的灯亮着。"

"好吧，我有权亮起一盏灯。你快离开我的房间。那边的宿舍不想要我，我的房间也不想要你待着。"

"那边的宿舍为什么不想要你呀？"伦尼问道。

"因为我是黑人。他们在那里打牌，但我不能参与，因为我是黑人。他们说我很臭。哼，我告诉你，你们对我来说都很臭。"

伦尼无助地挥动着他的大手。"大家都进城去了，"他说，"斯利姆和乔治，还有其他人。乔治说我得留在这儿，不要惹麻烦。我看到你这儿亮着灯。"

"好吧，你想干什么？"

"没什么——我看见你亮着灯。我想我可以过来待会儿。"

克鲁克斯盯着伦尼，然后他把手伸到身后，取下那副眼镜，把眼镜架在他红润的耳朵上，调整了一下，又盯着伦尼看起来。"反正我不知道你在牲口棚里干什么，"他抱怨道，"你不是赶牲口的。扛大麦包的没必要来牲口棚。你又不是赶牲口的，你跟骡马毫不相干。"

"小狗崽，"伦尼重复道，"我是来看我的小狗崽的。"

"好吧，那就去看你的小狗崽吧。不要到一个不需要你的地方来。"

伦尼的笑容消失了。他向前走了一步进入了房间，随即想到了什么，又退到门口。"我看了一会儿小狗崽。斯利姆说我不能老去摸它们。"

克鲁克斯说："嗯，你老把它们从窝里抱出来。我也不知道母狗怎么不把小狗崽挪到别的地方去。"

"哦，它不在乎的。它由着我的。"伦尼再次踏进了房间。

克鲁克斯皱起了眉头，但还是败给了伦尼那令人解除戒备之心的微笑。"进来坐一会儿吧。"克鲁克斯说，"你这么久赖着不出去，不让我消停，干脆进来坐会儿吧。"他的语气听起来友好了一点。"所有家伙都进城去了，是吗？"

"除了老坎迪。他坐在房间里削铅笔，边削铅笔，边琢磨。"

克鲁克斯整了整他的眼镜。"琢磨？坎迪在琢磨什么？"

伦尼几乎大叫："琢磨兔子呢。"

"你疯了，"克鲁克斯说，"你真是个疯子。你在说什么兔子呀？"

"我们要养的兔子呀，我要照料它们，给它们割草喂水，诸如此类的事情。"

"真是胡扯，"克鲁克斯说，"我不奇怪和你一起来的家伙把你丢在这儿了。"

伦尼平静地说："这不是胡扯。我们会这么干的。我们打算买一小块地，靠土地吃饭。"

克鲁克斯在他的铺位上换了个更舒适的姿势。"坐下吧，"他邀请道，"坐在那只钉子桶上吧。"

伦尼躬身坐在那只小木桶上。"你认为这是胡扯，"伦尼说，"但这不是胡扯。我说的每句话都是真的，你可以去问乔治。"

克鲁克斯将他黝黑的下巴颏放入他红润的手掌里。"你是和乔治一起来的，是吗？"

"当然。我和他去哪儿都在一起。"

克鲁克斯继续说："有时候他说话，你根本不知道他在说什么。不是吗？"他俯下身来，用深陷的眼睛打量着伦尼。"不是吗？"

"是的……有时候是。"

"他只管说个不停，你都不知道他在说些什么鬼东西对吧？"

"是的……有时候是。不过……不总是。"

克鲁克斯俯着身子探出床沿。"我不是南方黑人，"他说，"我出生在加利福尼亚。我老爸有一个养鸡场，大约十英亩大。白人的孩子会来我们家玩，有时我也会和他们一块儿玩，他们中有些人很不错。我老爸不喜欢我和他们玩。很久之后我才明白他为什么不喜欢我和他们一块儿玩，现在我知道了。"他犹豫了一下，当他再次开口说话时，他的声音变得更柔和了。"在方圆几英里的地方都没有其他有色人种的家庭。现在我们这座农场上也没有一个有色人种，整个索莱达只有一个黑人家庭。"他笑着说，"如果我说了什么，那只是一个黑鬼说的话罢了。"

伦尼问道："你觉得小狗崽要多久才能长到可以摸的程度？"

克鲁克斯又哈哈笑起来。"跟你说话的人真的可以放心，回头你肯定不会到处乱说。再过两个星期，摸小狗崽就没问题了。乔治干什么他心里清楚，尽管说，反正你也听不懂。"他兴奋地向前倾了倾，"这只是一个黑鬼在说话，一个驼背黑鬼。所以这并不意味着什么，明白吗？反正你都记不起来了。我是在一个男人和另一个男人说话的时候看到的，如果他听不懂也没什么区别。问题是，他们在说话，或者他们还没开口。这没什么区别。没什么区别。"他的兴奋之情愈演愈烈，用手捶着膝盖，"乔治可以告诉你一些奇怪的事情，这无关紧要。只是说说而已。只是和另一个人在一起。仅此而已。"他停了一下。

他的声音变得柔和而充满说服力。"假如乔治不回来了，假如他逃跑了，不回来了。那你怎么办呢？"

伦尼的注意力逐渐转移到克鲁克斯刚才说的话上。"什么？"他问道。

"我说，假如乔治今晚进城去了，从此音信全无。"克鲁克斯以某种得意的神情继续说道，"你想想看吧。"他重复道。

"他不会这么做的，"伦尼喊道，"乔治不会那样做的。我和乔治在一起很久了。他今晚会回来的——"但他接受不了这样的疑惑，"难道你觉得他不会回来了吗？"

克鲁克斯的脸因伦尼所受的折磨而喜形于色。"一个家伙会干出什么事，谁也说不准。"他平静地说，"我们不妨假设他想回来，但没办法回来。假设他被人杀害了，或者受伤了，所以他回不来了。"

伦尼挣扎着想弄明白克鲁克斯这话的意思。"乔治不会那样做的，"他重复道，"乔治很小心。他不会受伤的。他从来没有受过伤，因为他很小心。"

"好吧，假设，只是假设他不回来了。那你怎么办呢？"

伦尼担心得满面愁容。"我不知道。嘿，你到底要干什么呀？"他喊道，"这不会是真的，乔治不会受伤的。"

克鲁克斯紧盯着伦尼。"想要我告诉你会发生什么事情吗？他们会把你送去疯人院，像对待狗一样在你脖子上套上项圈。"

突然，伦尼的目光聚焦起来，变得冷静而疯狂。他站起来，杀气腾腾地向克鲁克斯走去。"谁伤害了乔治？"他问道。

当危险逼近克鲁克斯时，他看出来了。他靠在床铺上把身子往后缩了缩，避开危险。"我只是假设，"他说，"乔治没有受伤。他没事。他会平安回来的。"

伦尼站在他跟前。"你为什么要这样假设？谁也不能假设乔治会受伤。"

克鲁克斯摘下眼镜，用手指揉了揉眼睛。"你就坐下吧。"他说，"乔治没有受伤。"

伦尼咆哮着坐回了钉子桶上。"谁也不能说乔治受伤的话。"他喃喃地说。

克鲁克斯语气温和地说："也许你现在能明白了。你有乔治，知道他会回来的。假如你身边没有任何人，假如因为你是黑人就不能去集体宿舍和大家一起玩拉米纸牌游戏，你觉得那会是什么滋味？假如你只能坐在这儿看书。当然，你可以去玩掷马蹄铁游戏直到天黑，但随后你又只能读书。书不是不好，但人是需要有伴的。"他抱怨道，"一个人如果身边没个伴儿是会发疯的。只要有人在你身边，不管什么人都行，我告诉你。"他喊道，"我告诉你，一个人孤独久了就会得病。"

"乔治会回来的，"伦尼自我安慰道，声音充满恐惧，"也许乔治已经回来了。我最好去看看。"

克鲁克斯说："我不是故意要吓唬你的。他会回来的。我刚才是在说我自己。晚上一个人独自在这里，看看书，想想心事，或者做一些诸如此类的事情。有时他可能有个什么想法，却没人告诉他是与非。假如他看到什么，他可能不知道对与错。他无法去找其他人，问那个人是否也看见了。他无法分辨，没有什么可供参考。我在这里看到过东西，我没有喝醉。我不知道自己是否在睡梦中。假如有个人和我在一起，他会告诉我，我是不是睡着了，这样就很好。但是，我却不知道。"克鲁克斯正望向房屋的另一端，看着窗户。

伦尼惨兮兮地说："乔治不会扔下我自己跑掉的。我知道乔治不会那样做的。"

马厩黑鬼半梦半醒地继续说道："我还记得小时候，在我老爸的养鸡场里。我有两个兄弟。他们总是在我身边，总是在。以前我们睡在同一个房间，睡在同一张床上——我们三个。有一块草莓地。有一块苜蓿地。我们过去常常在阳光明媚的早晨，把鸡赶到苜蓿地里去。我两个兄弟会坐在栅栏上看着它们——一群白色的小鸡。"

伦尼的兴趣渐渐转到了克鲁克斯所说的事情上。"乔治说我们会拥有一片苜蓿地，用来喂养兔子。"

"什么兔子？"

"我们会养兔子，而且还会有一块浆果地。"

"你疯了。"

"我们真的会。不信你去问乔治。"

"你疯了。"克鲁克斯轻蔑地说，"我看到过成百上千的人来来去去，在路上或在农场上，背着他们的铺盖卷，脑袋里装满同样该死的事情。成百上千。他们来了，又离开了，继续上路。他们每个人的脑袋里都有这该死的一小块土地。他们中间他妈的从来没有一个人拥有过一块土地，就像进入天堂一样。每个人都想拥有一小块土地。我在这儿读了很多书，没有人能进天堂，也没有人能得到土地。那只是他们脑子里的想象罢了。他们总在谈论这件事，但这件事只不过是他们脑子里的想象罢了。"他停了下来，朝敞开着的门口望去，因为骡马躁动不安起来，缰绳也叮当作响。一匹马嘶叫着。"有人在外面，"克鲁克斯说，"也许是斯利姆。斯利姆有时候一晚上会来两三趟。斯利姆是个真正赶牲口的人。他总留心守候自己的队伍。"他费力地站了起来，朝门口走去。"是你吗，斯利姆？"他喊道。

坎迪的应答声传来："斯利姆进城去了。嘿，你看见伦尼了吗？"

"你说的是那个大个子吗？"

"是的，你在附近看见他了吗？"

"他在这儿呢。"克鲁克斯简短地说。他返回床边躺下了。

坎迪站在门口，边挠着他那只裸露的断掉的手腕，边朝着亮着灯的房间里张望，他没有打算进去。"告诉你吧，伦尼。我一直在想着那些兔子的事情。"

克鲁克斯不耐烦地说："你想进来就进来吧。"

坎迪面露窘色。"我不知道。当然，如果你想让我进来的话。"

"进来吧。既然有人进来了，你也可以。"克鲁克斯假装生气地说，却无法掩饰他内心的喜悦。

坎迪进了房间，但他依然窘色不减。"你这个小房间很舒适呀，"他对克鲁克斯说，"像这样一个人住一个房间，一定很不错。"

"当然，"克鲁克斯说，"窗下还有一个粪堆。当然，感觉好极了。"

伦尼插嘴说："你刚才说的是兔子的事情。"

坎迪靠在开裂的马项圈旁边的墙上，一边挠着手腕的残端。"我在这里待了很久了，"他说，"克鲁克斯也在这里待了很久了。这还是我第一次进他的房间呢。"

克鲁克斯阴沉地说："大家都不怎么进黑人的房间。除了斯利姆，除了斯利姆和场主，没人来过这里。"

坎迪急忙转移了话题。"斯利姆是我见过的最棒的赶牲口的人了。"

伦尼朝老坎迪探过身去。"说说兔子的事情。"他锲而不舍道。

坎迪笑了。"我弄明白了。如果我们把兔子养好了，我们就可以从兔子身上赚点钱。"

"但我得照料它们，"伦尼打断了他的话，"乔治说我可以照料它们。他答应我了。"

克鲁克斯残忍地打断了他俩的对话。"你们这些家伙只是在自娱自乐罢了。你们絮叨个没完，但你们不会得到土地的。在他们把你装进棺材拉出去之前，你会一直在这里当个杂务工。见鬼，我见过的人多了去了。伦尼会在两三个星期后离开这里。看样子每个人的脑袋里都想拥有一块土地呢。"

坎迪愤怒地揉着他一侧的脸颊。"你他妈的等着瞧，我们会拥有土地的。乔治说了我们会拥有自己的土地的。我们现在有钱了。"

"是吗？"克鲁克斯说，"乔治现在在哪儿？在城里的一家窑子里吧。你们的钱都到那儿去啦。天哪，脑袋里装着一块土地的家伙我见得多了。可惜他们从来没有到手过。"

坎迪喊道："他们当然都想要。每个人都想要一小块土地，不是很多，只要一点属于自己的东西。他们能靠着这一小块土地生活，任何人都不能把他们从那里驱逐出去。我从来没有过。我几乎给这个州所有人家种过庄稼，但它们都不是我的庄稼，当我收割庄稼的时候，收成也不属于我。但我们现在要拥有我们的土地，这一点你别搞错了。乔治没有拿着钱进城。那笔钱存在银行里。我和伦尼，还有乔治，我们将拥有属于我们自己的房间。我们要养一条狗和兔子，还有鸡。我们要种绿油油的玉米，可能还要养一头奶牛或一只山羊。"他停了下来，陶醉在自己描绘的画面中，无法自拔。

克鲁克斯问道："你说你们已经有钱了？"

"他妈的说得没错。我们有了大部分了。只要再挣一点点。

再挣一个月的就够了。乔治也已经把土地选好了。"

克鲁克斯伸出一只手去摸自己的脊柱。"我从来没见过哪个家伙得到过土地,"他说,"我见过很多为了土地寂寞得要发狂的家伙,但到头来都把钱花在窑子或 21 点纸牌游戏上了。"他犹豫了一下,"……如果你们……想要免费劳力——只要管吃管住,为啥不让我过去帮忙。我残得不是很严重,只要我乐意,我就不会像个混蛋那样工作。"

"你们看到柯利了吗?"

他们把头转向门口。柯利的老婆正往房里张望。她的脸上浓妆艳抹,嘴唇微微张开。她气喘吁吁,好像是跑着过来的。

"柯利不在这儿。"坎迪没好气地说。

她一动不动地站在门口,对他们微笑,一只手的拇指和食指搓着另一只手的指甲。她逐个打量着他们三个人的面孔。"他们把老弱病残都留在这儿了,"她最后说,"你们以为我不知道他们都去哪儿了?甚至包括柯利,我知道他们都去哪儿了。"

伦尼一脸痴迷地注视着她,但坎迪和克鲁克斯却阴沉着

脸，回避着她的目光。坎迪说："既然你知道，为什么还要问我们柯利在哪儿？"

她饶有趣味地看着他们。"有趣的事，"她说，"如果我逮住一个男人，只要他是独自一人，我就能和他相处得很好。但只要让两个男人聚在一起，你们就不说话了，什么都不干，就只是生气。"她垂下手指，把双手搭在臀部，"你们彼此都害怕对方，就是这样。你们每个人都害怕别人算计自己。"

停了一会儿，克鲁克斯说："你最好现在就回你自己的屋子里去。我们可不想惹麻烦。"

"好吧，我不会给你们添麻烦的。你以为我不喜欢时不时和别人聊聊天吗？你以为我愿意一直待在那屋子里吗？"

坎迪把断腕放在膝盖上，用另一只手轻轻地揉搓着。他带着责备的口气说："你已经有丈夫了，不能和其他男人瞎胡闹，惹麻烦。"

姑娘听了勃然大怒。"我当然已经有丈夫了。你们都见过他，他是个不错的家伙，不是吗？他整天说要对他不喜欢的人怎样怎样，他谁也不喜欢。你们以为我想待在那宽二长四的弹丸小屋子里，听柯利讲述如何使用左勾拳，然后右交叉拳？'一、二，'他说，'只要一、二两下，他便倒下了。'"她停顿了一下，脸上的怒色消散，变得兴致盎然。"嘿——柯利的手怎么啦？"

大家陷入了一阵尴尬的沉默。坎迪偷偷看了伦尼一眼，然后他咳嗽了一声。"嗯……柯利……他的手绞到机器里去了，夫人。手被绞断了。"

她看了一会儿，然后哈哈大笑起来。"胡扯！你想糊弄我什么？柯利肯定挑衅人家，结果又打不过人家。说什么手绞到机器里去了——胡扯！哈，既然他的手被碾碎了，他就再也不可能用'一、二'这种套路揍人了。谁捏碎了他的手？"

坎迪阴沉着脸重复道："他的手绞到机器里面了。"

"好吧，"她轻蔑地说，"好吧，如果你想替他掩饰就掩饰好了。我在乎什么呢？你们这些流浪汉以为自己很好。你们当我是什么，一个小孩吗？我告诉你们，我是能有机会去演戏的，而且还不止一次呢。有个家伙还告诉我，他可以介绍我去拍电影……"她气得喘不过气来，"星期六晚上。大家都出去玩了，人人都去了！而我在干什么？站在这里和一群扛着铺盖卷的流浪汉说话——一个黑鬼、一个笨蛋，还有一个病恹恹的胆小鬼，因为也没其他人了。"

伦尼半张着嘴看着她。克鲁克斯退回那种要极度维护黑人尊严的姿态中去了。但是，老坎迪的态度变了。他突然站起来，身下的钉子桶向后翻倒了下来。"我受够了，"他气愤地说，"这里不需要你。我们告诉过你，这里不需要你。我告诉你，你这个放荡的女人不会想到我们这些人能成就什么大事。就你这鸡头般的脑容量，根本意识不到我们不是流浪汉。假如你把我们解雇了，假如你真这么干了，你以为我们会上高速公路，然后再找一份像这样差劲的工作。你不知道，我们有属于自己的农场可去，还有我们自己的房子可住。我们不必待在这里。我们要建房子、养鸡、种果树，建一个比这里漂亮一百倍的地方。我们还要广交朋友，这才是我们所拥有的。也许曾经有段时间我们害怕被炒鱿鱼，但现在我们不再害怕了。我们有自己的土地，它是属于我们的，我们可以去那里。"

柯利的老婆嘲笑道："胡说八道，"她说，"你们这些家伙我可是见多了。你们只要身上有两个钱，就会跑去喝上两杯，连杯底都要舔干净，我太了解你们这些家伙了。"

坎迪的脸涨得越来越红，但她还没说完，他控制着自己的情绪。他是此刻形势的主人。"我可能知道，"他温柔地说，"你最好还是回去管好你自己的事情。我们和你没什么好说的。我们知道我们拥有什么，而且我们并不在乎你是否明白。所以你最好现在就从我们眼前消失，因为柯利可能不喜欢他老婆和我们这些扛铺盖卷的流浪汉一起待在牲口棚里。"

她从一张脸望向另一张脸，而他们全都不理睬她。她打量伦尼的时间最长，直到他尴尬地垂下了眼皮。突然她开口说："你脸上的瘀伤怎么来的？"

伦尼内疚地抬起头来。"你说谁——我吗？"

"是的，说的就是你。"

伦尼向坎迪投以求助的目光，随即又低下头看着自己的膝盖。"他的手被一台机器绞到了。"他说。

柯利的老婆放声大笑道："好吧，机器。我回头再跟你聊。我喜欢机器。"

坎迪突然插话道："你放过这个家伙吧。别再纠缠他了。

我要把你说的告诉乔治。乔治不会让你纠缠伦尼的。"

"乔治是谁？"她问道，"和你一起来的那个小个子吗？"

伦尼高兴地笑了。"就是他。"他说，"就是那个家伙，他会让我照料兔子的。"

"好吧，如果你只想要这个的话，我可以亲自给你弄两只兔子来。"

克鲁克斯从床铺上站起来面对着她。"我受够了。"他冷冷地说，"你无权进入一个黑人的房间。你根本没有权利在这里胡闹。现在你要做的就是出去，快点出去。如果你不出去，我就去告诉场主，让他再不许你进牲口棚了。"

她冲着他嗤之以鼻道："听着，黑鬼，"她说，"你知道如果你再不闭嘴，我能对你做什么吧？"

克鲁克斯一脸无助地盯着她，然后他坐回自己的床铺上，缩起了身子。

她步步逼近他道："你知道我能做什么吗？"

克鲁克斯的身体似乎变小了，他用力倚靠在墙壁上。"知道，夫人。"

"好吧，那你就识相一点，黑鬼。我可以轻而易举地把你吊在树上，那可一点都不好笑。"

克鲁克斯的整个身体似乎已经化为乌有了。他没有了个性，没有了自我——没有任何能唤醒别人喜爱或厌恶的东西。他说："知道，夫人。"他的声音毫无声调。

她在他跟前站了一会儿，好像在等他动一动，以便她能劈头盖脸地骂他一顿。但克鲁克斯纹丝不动，眼睛避开了她，收回了一切可能受到伤害的东西。她最后只得转向另外两个人。

老坎迪怔怔地看着她。"如果你要那样做，我们会说出去的，"他平静地说，"我们会说出真相，是你诬陷克鲁克斯。"

"说出去吧，我怕个屁呀，"她喊道，"没人会听你们的，你们也知道的。没有人会听你们的。"

坎迪的气势瘪下去了。"没有……"他赞同道，"没有人会听我们的。"

伦尼哀叹道："我真希望乔治在这儿。我真希望乔治在这儿。"

坎迪向伦尼走过去。"不用担心，"他说，"我刚听到那些家伙回来了。乔治现在应该已经到宿舍里了。"他又转身面向柯利的老婆。"你最好现在就回家,"他心平气和地说,"如果你现在就走,我们不会告诉柯利你来过这儿。"

她冷冷地打量着他。"我不确定你听到了什么动静。"

"最好不要冒险,"他说,"如果你不确定,最好还是选择安全的道路。"

她转向伦尼说:"我很高兴你能让柯利吃点苦头。他是自找的。有时候我自己也想让他吃点苦头。"她说完就溜出了门,消失在黑暗的牲口棚里。当她穿过牲口棚时,缰绳发出嘎吱的响声,一些马喷着鼻息,一些马跺着蹄子。

克鲁克斯似乎慢慢地从他自己披上的重重保护层中走了出来。"你说那些家伙回来了,是真的吗?"他问道。

"当然。我听到了。"

"嗯,我什么也没听到。"

"大门砰的一声关上了,"坎迪接着说道,"天哪,柯利的老婆走路悄无声息的。不过,我猜她是熟能生巧了。"

克鲁克斯现在完全回避了这一话题。"你们俩最好还是走吧,"他说,"我不确定我这里是否还欢迎你们。一个黑人也该有些权利的，即使这些权利他并不喜欢。"

坎迪说："那个骚货不该对你说那些话。"

"这没什么，"克鲁克斯说，"你们进来坐让我一时忘记了自己的身份。她说的是事实。"

屋外的牲口棚里，马儿喷着鼻息，缰绳链子叮当作响，一个声音呼喊道："伦尼，喂，伦尼。你在牲口棚里吗？"

"是乔治。"伦尼叫道。他应声叫道："这里，乔治。我在这里。"

不一会儿，乔治站在了门口，不以为然地环顾四周。"你在克鲁克斯的房间里干什么？你不应该在这里的。"

克鲁克斯点了点头。"我告诉过他，但他还是进来了。"

"好吧，那你为什么不把他们踢出去呢？"

"我不太在乎，"克鲁克斯说，"伦尼是个好人。"

现在坎迪自己发了话。"噢，乔治！我一直在琢磨。我终于弄明白我们如何靠兔子来赚钱了。"

乔治沉下脸。"我告诉过你们，这件事不要告诉任何人。"

坎迪羞愧地说："除了克鲁克斯，我们没有告诉任何人。"

乔治说："好啦，你们两个离开这里。天哪，看来我一分钟都不能走开。"

坎迪和伦尼站起身，朝门口走去。克鲁克斯叫道："坎迪！"

"嗯？"

"你还记得我说了要锄草和打杂什么的吗？"

"是的，"坎迪说，"我记得。"

"好吧，忘了我说过的，"克鲁克斯说，"我不是当真的，只是开开玩笑。我不想去那样的地方。"

"好吧，没问题，如果你是这样想的话。晚安。"

三个人走出了门。当他们穿过牲口棚时，马儿们喷着鼻息，缰绳链子叮当作响。

克鲁克斯坐在床铺上，朝门口看了片刻，随后伸手去拿搽剂瓶。他扯起衬衫后摆，往红润的手掌里倒了一些搽剂，把手伸向后面，慢慢地搓揉起背部来。

牲口棚的一端，新收的干草堆得高高的，草堆上面的皮带轮上挂着四爪干草叉。干草像山坡一样滑向牲口棚的另一端，只剩下一块平坦的地方还没有堆满新收的稻谷。干草堆的两侧是马槽，马槽的木板条之间隐约可以看到马儿们的脑袋。

　　这是星期天下午。留在马厩里的马儿们嚼啃着剩下的一束干草，它们时而跺跺脚，时而咬咬马槽的木头，晃得缰绳链子叮当作响。午后的阳光透过牲口棚墙壁的缝隙照射进来，在干草堆上投下一道道闪亮的线条。空中回荡着苍蝇的嗡嗡声，这是慵懒的午后的声响。

　　从外面传来了马蹄铁击中铁柱发出的叮当声和男人们的喊叫声，他们在嬉戏、喝彩、打趣。但在牲口棚里却只有苍蝇的嗡嗡声，安静、慵懒、暖和。

牲口棚里只有伦尼一个人，在没有堆满干草的一侧，伦尼坐在马槽下方一只货箱边上的干草里。伦尼坐在干草里看着一只躺在他面前已经死了的小狗崽。伦尼久久地注视着它，然后他伸出了他的一只大手，抚摸它，从头至尾。

伦尼轻柔地对小狗说："你怎么就被我弄死了呢？你不像老鼠那么小呀。我没使劲晃你呀。"他把小狗崽的头向上抬，看着它的脸，对它说："假如乔治发现你被弄死了，他可能就不会让我照料那些兔子了。"

他在干草堆里挖了一个小坑，把小狗崽放在里面，盖上干草，不让人看见。不过，他还是继续盯着自己做的草堆。他说："这事还没那么坏，我不用躲到灌木丛里去吧。哦！不，还没那么坏。我就告诉乔治我发现小狗崽死了。"

他又把小狗崽翻了出来，仔细检查了一下，把它从耳朵到尾巴摸了一遍。他悲伤地接着说道："但他会知道的。乔治总是会知道。他会说：'你做的好事。别以为能瞒过我。'他还会说：'现在就这样，你不能照料那些兔子了！'"

突然他发怒了。"你这该死的，"他喊道，"你为什么非要被我弄死呢？你可不像老鼠那么小呀。"他抓起小狗崽，扔了出去。他背过身，抱着膝盖坐了下来，低声说："现在我不能照料那些兔子了。现在他不会让我照料它们了。"他的身子前后摇晃，悲伤不已。

牲口棚外传来马蹄铁击中铁柱的叮当声，接着是一小阵齐声喝彩。伦尼站起来，把小狗崽抱回来，放在干草上，随后坐下。他再次抚摸起小狗崽。"你还不够大，"他说，"他们告诉过我，告诉过我你还没长大。我不知道你会这么容易就死掉。"他用手指抚摸着小狗软趴趴的耳朵。"也许乔治不会在乎，"他说，"这个该死的小狗杂种对乔治来说算不上什么。"

柯利的老婆从最边上一个马厩尽头走了过来。她悄无声息地出现，以至于伦尼没有看见她。她身穿色彩艳丽的棉质衣裙，脚踏那双装饰着红色鸵鸟羽毛的穆勒鞋。她脸上化了妆，一头小香肠似的卷毛梳理得整整齐齐。等她快到伦尼跟前时，伦尼才抬起头看到了她。

慌乱中，他用手指抓起大把干草盖住了小狗崽。然后他抬起头，闷闷不乐地看着她。

128

她说："你这是在干吗呢，小伙子？"

伦尼瞪着她。"乔治说我不能和你有任何瓜葛，不能跟你说话或干其他事。"

她大笑道："乔治什么事都给你指令吗？"

伦尼低头看着干草。"乔治说要是我跟你说话或干其他什么事，我就不能照料那些兔子了。"

她轻声说："他是害怕柯利会生气。好吧，柯利的手臂吊着绑带呢——要是柯利撒起野来，你就打断他的另一只手。说什么他的手被绞到机器里去了，你们糊弄不了我的。"

但伦尼不为所动。"不，夫人。我不会和你说话，也不会和你做任何事的。"

她在他旁边的干草上跪了下来。"听着，"她说，"所有的人都在参与掷马蹄铁的比赛。现在才四点左右，他们谁也不会中途离场的。为什么我不能和你说说话？我甚至都找不到可以说话的人。我孤独极了。"

伦尼说："好吧，我不该和你说话或者做其他任何事的。"

"我很孤独，"她说，"你还可以和别人说说话，可我只

能和柯利说话。不然他就会生气。不能和任何人说话，你会
乐意吗？"

伦尼说："嗯，可我不该和你说话。乔治害怕我会惹上
麻烦的。"

她换了话题。"你在那儿藏了什么东西呀？"

她话音刚落，伦尼所有的哀伤又一股脑儿地涌上心头。
"只不过是我的小狗崽而已，"他悲伤地说，"只是我的小狗
崽而已。"他拨开小狗崽上覆盖的干草。

"怎么啦？它死了？"她喊道。

"它太小了，"伦尼说，"我只是在和它玩……它装作要
咬我的样子……我装作要扇它耳光的样子……然后……然后
我扇了它一下耳光。然后，它就死了。"

她安慰他道："别担心了。它只是一条土狗而已。你再
养一条也很容易，乡下到处是这种土狗。"

"也没你说的那么多，"伦尼痛苦地解释道，"乔治现在
不会让我照料那些兔子了。"

"他为什么不让呢？"

"好吧，他说如果我再做坏事，他就不会让我照料那些

兔子了。"

她走近他，用安慰的语气说："别担心跟我说话。你听外面那些家伙嚷嚷的。他们花四块钱赌的比赛，不等比赛结束，谁也不会中途离场的。"

"如果乔治看见我跟你说话，他会狠狠揍我一顿的，"伦尼谨慎地说，"他这样告诉过我。"

她面露愠色。"我怎么了？"她喊道，"难道我没有权利和人说话吗？他们到底认为我是什么？你是个好人。我不知道为什么我不能和你说话。我又不会伤害你的。"

"哦，乔治说你会把我们弄得一团糟的。"

"啊，胡扯！"她说，"我对你有什么伤害？好像他们都不在乎我过的什么日子。我告诉你我可不习惯这样生活。我原本可以有所作为的。"她阴沉地说，"也许我还可以的。"接着，在倾诉欲的驱使下，她把心里话一股脑儿地倒了出来，仿佛为了在听众被带走之前赶紧把话说完似的。"我以前就住在萨利纳斯，"她说，"我是很小的时候去那儿的。嗯，镇上办了一个演出，我认识了其中的一个演员。他说我可以跟演出队走。但我老妈不让我走。她说因为我才十五岁。不过，那个演员说我可以。你想呀，如果我去了，就不会是现在这样的生活了。"

伦尼来回抚摸着小狗崽。"我们会有一个小块土地——还有兔子。"他解释道。

她赶紧继续讲着她的故事，以免被打断。"还有一次我认识了一个家伙，他是个星探。我和他一起去了河畔舞厅。他说他要让我去演电影，说我天生是块演电影的料儿。他说回到好莱坞之后，会很快写信给我，跟我说这件事。"她仔细地看着伦尼，看看她是否给他留下了深刻的印象。"我从来没有收到过那封信，"她说，"我一直以为是我老妈偷了那封信。好吧，我不想待在一个没有前途、无所事事、连信都有人偷的地方。我还去问她是否偷了我的信，她说没有。所以我嫁给了柯利。那天晚上在河畔舞厅我也遇见了柯利。"她问道，"你在听吗？"

"我？当然在听。"

"好吧，我以前没告诉任何人这句话。也许我不应该告诉别人。我不喜欢柯利。他不是一个好人。"因为她对他吐露了这样的秘密，她更加靠近伦尼，坐在他身边。"我原本可以去演电影的，可以有漂亮的衣服穿——就像所有演电影的人穿着的漂亮衣服。我可以坐在大酒店里，会有星探来挖掘我。等电影试映的时候，我可以去观看，还可以去做电台节目，因为我是星探介绍的，我就可以分文不花。我还能穿上演员们穿的那些漂亮的衣服，因为这家伙说我天生就是块演员的料儿。"她抬起头看着伦尼，用胳膊和手做了一个细微而庄严的姿态，表示她能演戏。她把小指高高翘起，手指紧跟着手腕转动。

伦尼深深地叹了口气。从外面传来马蹄铁击打铁柱的叮当声，接着是一片喝彩声。"有人得分了。"柯利的老婆说。

当太阳西下，牲口棚的光线反而抬升了起来，光束爬上了墙壁，落在了饲料槽上，落在了马儿们的脑袋上。

伦尼说："如果我把这条小狗崽拿出去扔掉，也许乔治就永远不会知道。那我就不会有麻烦，就可以照料兔子了。"

柯利的老婆气愤地说："除了兔子，你就不会想点其他东西了吗？"

"我们会有一片土地。"伦尼耐心地解释道，"我们会有一幢房子、一块菜园和一片苜蓿地，苜蓿是用来喂兔子的，我会拿一个麻袋，里面装满苜蓿草，然后拿去喂兔子。"

她问："是什么让你对兔子如此痴迷的？"

伦尼必须仔细考虑一番才能得出结论。他小心翼翼地靠近她，直到刚好碰到她。"我喜欢抚摸漂亮的东西。有一次在一个集市上，我看到了一些长毛兔子。你知道的，它们真是漂亮。有时候我甚至会抚摸老鼠，但那是在我没有更好的东西的情况下。"

柯利的老婆从他身边挪开了一点。"我觉得你疯了。"她说。

"不，我没有，"伦尼恳切地解释说，"乔治说我没有疯。我喜欢用手指抚摸好看的东西、柔软的东西。"

她略微安心了一些。"好吧，谁不是呢？"她说，"任何人都喜欢的。我喜欢摸丝绸和天鹅绒。你喜欢摸天鹅绒吗？"

伦尼高兴地咯咯笑了起来。"你说得没错。天哪，"他高兴地叫道，"我还有过一块呢。一位女士给了我一块，而且这位女士还是——我的亲姑姑。她直接给了我——大概这么大一块。真希望我现在就带着那块天鹅绒。"他的脸上浮起了皱褶。"我把它给弄丢了，"他说，"我好久没看见它了。"

柯利的老婆嘲笑他道。"你疯了，"她说，"不过你是个好人，就像个大婴儿似的。但别人大概也能理解你。有时候，当我打理我的头发的时候，我也会去轻轻地抚摸它，因为它太柔软了。"为了展示她是怎么做的，她把手指插入头顶的发丝里。"有些人头发很粗硬，"她得意地说，"比如柯利吧，他的头发就像铁丝。但我的头发却又柔软又好看。因为我经常梳理它，这样头发才好看。这儿——就这儿，你摸摸看。"她握住伦尼的一只手，把它放在头上。"就摸摸这里，感受一下我的头发有多柔软吧。"

伦尼的大手指开始抚摸她的头发。

"别把我的头发弄乱啦。"她说。

伦尼说："哦！太好了。"他更用力地抚摸着。"哦，太好了。"

"小心，现在你把我头发弄乱啦。"然后她愤怒地喊道，"你快住手，你这样会把我的头发全都弄乱的。"她猛地把头歪到一边，但伦尼的手指紧抓着她的头发不放。"放开，"她叫道，"你放开！"

伦尼惊慌失措。他的脸都扭曲起来了。随即她尖叫起来，伦尼的另一只手捂住了她的嘴和鼻子。"请不要叫，"他恳求道，"哦！请不要那样做。乔治会生气的。"

她在他的手下拼命挣扎。她的脚不停地蹬在干草上，她的身体来回扭动着想要挣脱出去。从伦尼的手下，传来一声窒息的尖叫。伦尼开始惊恐地叫了起来。"哦！请别叫了。"他恳求道，"乔治会说我做了一件坏事。他不会让我照料那些兔子了。"他把手稍稍移开了一点，她沙哑的叫声就传出来了。这下，伦尼生气了。"现在不要叫啦。"他说，"我不想你大喊大叫。你会像乔治说的那样给我惹麻烦的。现在你不要叫啦。"她继续挣扎着，眼睛里充满了恐惧。随即他摇晃她的身体，对她心生怨恨。"你别再大喊大叫啦。"他边说边晃。她的身体像鱼一样扑腾着。然后她就一动不动了，因为伦尼晃断了她的脖子。

他低下头看着她，小心翼翼地把手从她嘴上挪开，她一动不动地躺着。"我不想伤害你的，"他说，"但是如果你大喊大叫，乔治会生气的。"当她既没有回答也不动弹时，他便俯下身靠近她。他抬起她的一条胳膊，一松手，胳膊便垂落下来。有那么一会儿，他似乎不知所措了。然后他吓得嘀咕道："我做了一件坏事。我又做了一件坏事。"

他抓起干草，直到干草把她身体的一部分遮盖了起来。

牲口棚外传来人们的呼喊声，以及马蹄铁击打铁柱的叮当声。伦尼这才意识到了外面的动静。他蹲在干草堆里，聆听着。"我做了一件非常糟糕的事。"他说，"我不应该那样做的。乔治会生气的。而且……他说过……躲到灌木丛里去，直到他来找我。他会生气的。躲到灌木丛里。等他来找我。他就是这么说的。"伦尼走回去，看了看这个死去的姑娘。小狗崽躺在她身边。伦尼捡起了小狗崽。"我要把它扔掉，"他说，"这已经够糟的了。"他把小狗崽放进外套底下，悄悄地走到牲口棚的墙边，顺着木板间的裂缝向掷马蹄铁的方向张望。然后，他悄悄绕过马槽的尽头，销声匿迹了。

此刻，太阳的光影高悬在墙壁上，牲口棚里的阳光越来越柔和。柯利的老婆仰面躺着，一半身躯被掩盖在干草之下。

牲口棚里很安静，整个农场都笼罩在午后的寂静里，甚至连掷马蹄铁的叮当声和游戏中男人们的声音似乎也变得更加安静了。白昼将逝，牲口棚显得越发昏暗了。一只鸽子从牲口棚里一扇敞开着的干草扎成的门里飞了进来，盘旋了一阵后又飞了出去。一条瘦长的母牧羊犬从畜栏尽头垂挂着沉甸甸的奶头走来。母狗朝着装小狗崽的装货箱走去，半路上闻到了柯利老婆尸体的气味，脊背上的毛顿时竖了起来。母狗哀鸣着，瑟缩着走向装货箱，一跃跳入了小狗崽们的中间。

柯利的老婆躺在地上，身上半遮着泛黄的干草。她脸上所有的刻薄、算计、不满和渴望被人关注的表情都消散了。她看上去很漂亮，也很单纯，面容甜美青涩。此刻，她脸颊红润，嘴唇红艳，使她看起来仿佛还活着，只是浅浅地睡着了。她嘴唇微张着，卷发宛如小小的香肠一般，散落在她脑袋后面的干草上。

一瞬间，时光停驻，萦绕不散，仿佛一瞬永恒，这种境况时有发生。声音停止了，动作凝固了，持续的时间远远超过一瞬间。

然后，渐渐地，时间又复苏了，慵懒地向前移动。马儿们在饲料槽的另一边跺着蹄子，缰绳的锁链叮当作响。牲口棚外，男人们的声音越来越响亮，越来越清晰。

从马厩尽头传来老坎迪的声音。"伦尼，"他喊道，"喂，伦尼！你在这儿吗？我又算了算。告诉你我们能做什么，伦尼。"老坎迪出现在马厩尽头。"喂，伦尼！"他又叫了一声，然后停下了脚步，身体僵立。他用光秃秃的手腕揉搓着自己白色的胡楂。"我不知道你在这儿。"他冲柯利的妻子说。

当她没有回答时，他走近了一些。"你不应该睡在这里。"他带着责备的口吻说道。然后他走到她旁边说："噢，天哪！"他无助地环顾四周，揉搓着自己的胡楂。然后他一跃而起，迅速走出了牲口棚。

但是，此刻的牲口棚充满了生机。马儿们跺着蹄子，喷着鼻息，啃着身下的干草，撞着缰绳上的链子。不一会儿，坎迪回来了，乔治和他一起来了。

乔治说："你想要我看什么呀？"

坎迪指着柯利的老婆。乔治瞪大了眼。"她怎么了？"他问道。他走近了一步，然后重复了坎迪的话。"噢，天哪！"他跪在她身边，把手放在她的心脏处。最后，他缓慢而僵硬地站起来，面无表情。

坎迪说："怎么会这样？"

乔治冷冷地看着他。"你不知道吗？"他问道。坎迪沉默了。"我应该知道的,"乔治绝望地说,"我早就该料到了。"

坎迪问:"我们现在该怎么办,乔治?我们现在该怎么办?"

过了很久,乔治才回答。"我想……我们得告诉……那些家伙。我想我们得找到他,把他关起来。我们不能让他逃掉。唉,这个可怜的笨蛋会饿死的。"他试着自我安慰道,"也许他们会把他关起来,会好好对待他。"

但是,坎迪激动地说:"我们应该让他逃掉。你不了解那个柯利。柯利会对他滥用私刑的。柯利会杀了他的。"

乔治注视着坎迪的嘴唇。"是的。"他最后说,"没错,柯利会的,而且其他人也会的。"他回头看了看柯利的老婆。

此刻坎迪说出了他最大的恐惧。"你和我还能得到那块小土地,是吗,乔治?你和我能去那里好好生活的,是吗,乔治?我们能吗?"

乔治还没回答,坎迪就垂下了脑袋,低头看着干草。他知道了答案。

乔治轻声说:"我想我从一开始就知道了。我知道我们永远不会拥有那块土地了。他从前那么喜欢听人讲这件事，我不由得也想，我们也许能够拥有那块土地了。"

"那么，一切都结束了吗？"坎迪绷着脸问。

乔治没有回答他的问题。乔治说："我要干满一个月，拿到我的五十块钱，然后去家低级窑子过夜。或者我就待在某个台球室里，直到所有人都回家为止。然后，我再回来工作一个月，再挣五十块钱。"

坎迪说："他是个好人。我没想到他会这样做。"

乔治仍然盯着柯利的老婆。"伦尼从来不会故意干坏事的，"他说，"他一直在做坏事，但他从来不会故意干坏事的。"他挺直身子，回头看着坎迪。"现在听着。我们得把事情告诉那些家伙。我想他们会把他抓回来的，因为他们没有别的办法。也许他们不会伤害他。"他厉声说道，"我不会让他们伤害伦尼的。现在你听着。他们可能认为我也参与了此事。我这就回宿舍去。过一会儿你就出来告诉那些家伙关于她的事，我就跟过来，假装从没见过她。你会那样做吗？这样那些家伙便会认为我和此事无关了？"

坎迪说："当然，乔治。我当然会这么做。"

"好吧，那就给我几分钟，然后你跑出去告诉他们，就像你刚发现她一样。我现在就走。"乔治转过身，迅速走出了牲口棚。

老坎迪目送他离去。他无助地回头看了看柯利的妻子，渐渐地，他的悲伤和愤怒化作了言语。"你这个该死的荡妇，"他恶毒地说，"你干的好事，对吧？你现在高兴了吧。谁都知道你会搅局的。以前你就不是好东西，现在你也不是好东西，你这个可恶的女人。"他抽泣着，声音颤抖。"我本来可以替他们在花园里锄锄草，给他们洗洗碗的。"他停顿了一下，接着继续以单调的口吻重复那些老生常谈的话，"如果来了马戏团或有棒球赛……我们就可以去看……只要说'让工作见鬼去吧'，然后就去看。不需要去求任何人的同意。我们会养一头猪和一群鸡……到了冬天……生上一个大肚子小火炉……下雨的时候……我们就闲坐在那里。"眼泪模糊了他的双眼，他转过身，虚弱地走出牲口棚，边走边用光秃秃的手腕揉搓着他粗硬的胡楂。

外面游戏的喧闹声已经停止了。各种议论的声音和一阵咚咚的脚步声传来，人们冲进牲口棚。斯利姆、卡尔森、年轻的惠特和柯利，后面还跟着不引人注目的克鲁克斯。坎迪紧随其后，最后一个是乔治。乔治穿着他的蓝色牛仔外套，扣上了纽扣，他的黑色帽子压得很低，遮住了眼睛。大伙儿迅速跑到马厩尽头。在昏暗中，他们的目光落在了柯利的妻子身上，他们停住脚步，一动不动地站着观望。

随即斯利姆平静地走到她身边，探了探她的脉搏。他用一根瘦削的手指碰了碰她的脸颊，然后他的手伸到她微微扭曲的脖颈下面，探了探她的颈部。当他站起来的时候，其他人都涌上前来，此前屏息静气的魔性氛围被打破了。

柯利突然回过神来。"我知道是谁干的。"他喊道，"是那个大个子杂种干的。我知道是他干的。嘿——其他所有人都在外面玩掷马蹄铁的游戏。"他勃然大怒，"我要去抓住他。我要去拿我的猎枪。我要亲手杀了那个狗娘养的大个子。我要对着他的五脏六腑射击。来吧，伙计们。"他怒气冲冲地跑出牲口棚。卡尔森说："我去拿我的卢格尔手枪。"说完他也跑了出去。

斯利姆平静地转向乔治。"我估计这是伦尼干的，错不了的，"他说，"她的脖子被拧断了。伦尼能干出这种事。"

乔治没有回答，但慢慢地点了点头。他的帽子把前额压得很低，遮住了眼睛。

斯利姆接着说："也许就像你告诉过我的在威德发生的那次一样。"

乔治再次点了点头。

斯利姆叹了口气。"好吧，我想我们得抓住他。你觉得他可能会去哪里？"

乔治似乎费了些时间才恢复说话的能力。"他——会往南方走。"他说，"我们从北方来，所以他肯定会往南方走。"

"我想我们得去抓住他。"斯利姆重复道。

乔治走近斯利姆说："我们能不能把他抓回来，让他们把他关起来？他是个疯子，斯利姆。他从不故意干这种事的。"

斯利姆点点头。"我们有可能会，"他说，"要是我们能让柯利留下，我们可能会这样的。但柯利会想一枪杀了他。柯利还在为他手的事耿耿于怀。要是他们把他关起来，五花大绑地关在一个笼子里，那也好不到哪里去，乔治。"

"我知道，"乔治说，"我知道。"

卡尔森跑了进来。"那笨蛋偷了我的卢格尔手枪,"他大喊大叫道,"手枪不在我的包里。"柯利跟着他,那只没受伤的手里拿着一杆猎枪。柯利此刻冷静了下来。

"好吧,伙计们,"他说,"那黑鬼有一杆猎枪。你拿着,卡尔森。一旦你看到他,不要给他任何机会。打得他肚子开花,让他身首异处。"

惠特兴奋地说:"我没有枪啊。"

柯利说:"你去索莱达,找个警察。去找艾尔·威尔茨,他是副警长。现在我们走吧。"他满腹狐疑地转向乔治。"你跟我们去,伙计。"

"好的,"乔治说,"我会去的。但是听着,柯利。那可怜的笨蛋是疯子。别朝他开枪。他不知道他在干什么。"

"别朝他开枪?"柯利喊道,"他偷了卡尔森的卢格尔手枪。我们当然要朝他开枪。"

乔治虚弱地说:"也许是卡尔森自己弄丢了枪。"

"我今天早上还看到的,"卡尔森说,"不,枪是被他偷走的。"

斯利姆站在那里低头看着柯利的妻子。他说:"柯利,你最好还是在这里守着你老婆。"

柯利的脸涨得通红。"我要去。"他说,"即使我只剩一只手,我也要亲手用枪把那个笨蛋大个子打得肚子开花。我要去抓住他。"

斯利姆转身对坎迪说:"那你就待在这里守着她,坎迪。我们其他人最好快去找他。"

他们离开了。乔治在坎迪旁边逗留了一会儿,他们都低头看着死去的姑娘,直到柯利喊道:"乔治!你跟上我们,免得我们怀疑你和这件事有瓜葛。"

乔治慢吞吞地跟在他们身后,他步履沉重。

在他们走后,坎迪蹲在干草丛里,看着柯利老婆的脸庞。"可怜的笨蛋。"他轻声说道。

那些家伙的声音逐渐消散了。牲口棚里渐渐暗了下来。马儿们在自己的马厩里跺着脚,缰绳链子叮当作响。老坎迪在干草堆里躺下,用手臂盖住了眼睛。

萨利纳斯河那湾幽深的碧潭在暮色之中水波不兴。太阳已经离开河谷，爬上加比兰山脉的坡地，落日余晖将一座座山顶染成了玫瑰色。可碧潭边那斑驳的悬铃木树丛中，一片宜人的树荫投落了下来。

　　一条水蛇在碧潭的水面上滑行，它那形如潜望镜般的脑袋时不时向左右两侧扭动。水蛇游过整湾碧潭，来到一只伫立在浅滩上纹丝不动的苍鹭的腿边。这只悄无声息的苍鹭突然将头和喙猛地向下啄，一口将水蛇的脑袋叼出水面。水蛇拼命甩着尾巴挣扎，苍鹭慢慢将小水蛇吞入腹中。

　　远处一阵疾风呼啸而过，强劲的风像波浪一样掠过树梢。悬铃木树叶的银白色背面随风向上翻起，枯黄的落叶贴着地面疾行数米。一排排细小的浪花在碧潭的水面涌动。

疾风来得快，去得也很快，树林的空地又恢复了平静。苍鹭伫立在浅滩上，一动不动地等待着。又一条小水蛇从碧潭中游了上来，潜望镜般的脑袋左右摆动。

伦尼突然从灌木丛里冒了出来，他像一只潜行的狗熊那样悄无声息地走了过来。苍鹭拍打着翅膀，猛然飞离了水面，沿着河流飞向下游。那条小蛇溜进了碧潭一侧的芦苇丛中。

伦尼悄悄地走到碧潭边。他跪下来喝水，嘴唇快要触及水面了。当一只小鸟在他身后的枯叶上东蹦西跳，他猛地抬起头，睁大眼睛、竖起耳朵，转向那声音发出的方向，直到他看到了那只小鸟，才又垂下头喝起水来。

喝完水后，他坐在岸边，侧身面对碧潭，以便观察小径的入口。他双手抱膝，将下巴枕在膝盖上。

霞光移出了河谷，在山坡上爬升，与此同时，一座座山顶越来越亮，如同燃烧的火焰。

伦尼轻声说："我没有忘记，要知道，该死的。躲在灌木丛里等乔治。"他把帽子往下拉，遮住了眼睛。"乔治会狠狠揍我的。"他说，"乔治巴不得一个人，不愿意我打扰他。"他转过头，看着满是光亮的山顶。"我可以直接跑到山上去，然后找个洞。"他悲伤地继续说道，"——以后就没有番茄酱吃了——但我不会在乎的。如果乔治不想要我了……我就离开，我就离开……"

然后从伦尼的脑袋里冒出一个矮矮胖胖的老妇人。她戴着一副厚厚圆圆的眼镜，系着一条带口袋的方格围裙，衣服洁净、熨烫平整。她站在伦尼面前，双手放在臀部上，皱起眉头，露出不满的神情。

当她说话的时候，用的是伦尼的声音。"我跟你讲过多少遍了，"她说，"我跟你讲，要听乔治的话，因为他是一个很好的人，而且对你也好。但你从来都不在乎。你总干坏事。"

伦尼回答说："我努力了，克拉拉姑姑，夫人。我一再努力，可我没忍住……"

"你从来没为乔治想过。"她用伦尼的声音继续说道，"他有什么好事总想着你。当他得到一块馅饼时，你总能得到半块，甚至更多。如果是番茄酱的话，他为什么总把它们全给你。"

"我知道，"伦尼惨兮兮地说，"我努力了，克拉拉姑姑，夫人。我一再努力了。"

她打断了他的话。"要不是你，他的日子一直都能过得很舒心。他会领完薪水，跑去窑子快活快活，还可以待在某个台球室里，打打斯诺克。但他不得不照顾你。"

伦尼悲伤地呜咽着。"我知道，克拉拉姑姑，夫人。我马上就到山里去，找个山洞，住在那里，这样我就不会再给乔治添麻烦了。"

"你只会那么说。"她厉声说，"你总是那么说，你心里很清楚，你永远也做不到。你还是会一直黏着乔治，让他经常受煎熬。"

伦尼说："我还是离开吧。乔治现在不会让我照料兔子了。"

克拉拉姑姑消失了，伦尼的脑海里又蹦出了一只巨大的兔子。兔子蹲坐在他跟前，冲着他摇着耳朵，皱着鼻子。它也用伦尼的声音开始说话。

"照料兔子，"它轻蔑地说，"你这个笨蛋疯子。你连给兔子舔靴子都不配。你会把它们忘诸脑后，让它们忍饥挨饿。那才是你会干的事。到那时，乔治会怎么想？"

"我不会忘记的。"伦尼大声说。

"你不会才见鬼呢,"兔子说,"你就是个毫无价值的窝囊废。天知道乔治费了多大力气把你从臭水沟里拉出来,但这一点没用。如果你认为乔治会让你照料兔子,你就比平时更疯了。他不会的。他会用棍子狠狠地揍你一顿,这才是他会做的事。"

此时伦尼不服地反驳说:"他才不会。乔治不会那样做的。我从——我忘记什么时候了——我就认识乔治了——他从来没有用棍子打过我。他对我很好。他不会对我刻薄的。"

"得了,他受够你了,"兔子说,"他会把你打得屁滚尿流,然后离你而去。"

"他不会的,"伦尼疯狂地叫道,"他不会那样做的。我了解乔治。我和他是一起的。"

但是兔子一遍又一遍地轻声重复着。"他会离开你的,你这个笨蛋疯子。他会丢下你一个人。他会离开你的,混蛋疯子。"

伦尼双手捂住耳朵。"他不会的,我告诉你他不会的。"接着他大喊道,"哦!乔治——乔治——乔治!"

乔治静悄悄地从灌木丛中走了出来,兔子"嗖"地跃回了伦尼的脑海里。

乔治平静地说："你到底在嚷嚷啥？"

伦尼跪了起来。"你不会离开我，对吧，乔治？我知道你不会。"

乔治僵硬地走近他，坐在他旁边。"不会。"

"我就知道，"伦尼喊道，"你不是那种人。"

乔治沉默了。

伦尼说："乔治。"

"干吗？"

"我又干了一件坏事。"

"没关系。"乔治说，他又沉默了下来。

此刻，只有山脊的最顶峰沐浴在落日余晖里。河谷里到处散落着黛蓝色柔和的阴影。远处传来人们呼喊的声音。乔治转过头，侧耳倾听着喊声。

伦尼说："乔治。"

"干吗？"

"你不会狠狠骂我吧？"

"狠狠骂你？"

"没错，就像你以前一样。比如，'如果我没有你，我就可以拿着我的五十块钱——'。"

"天啊，伦尼！发生过的事你都记不住，我说过的每句话你倒都记住了。"

"嗯，你难道不准备那样说吗？"

乔治摇了摇头，声音低沉地说："我要是独自一人的话，我可以活得很轻松。"他的声音单调呆板，没有抑扬顿挫。"我可以找份活干，不会惹上麻烦。"他停了下来。

"接着说下去，"伦尼说，"到了月底——"

"到了月底，我可以拿到我的五十块钱，然后去……窑子——"他再一次停了下来。

伦尼急切地看着他。"接着说下去，乔治。你不打算再骂我了吗？"

"不。"乔治说。

"好吧，我可以离开了。"伦尼说，"如果你不想要我了，我就去山上找个洞。"

乔治又摇了摇头。"不，"他说，"我要你和我待在这儿。"

伦尼狡黠地说："像你以前那样讲给我听。"

"给你讲什么？"

"讲讲其他人，讲讲我们。"

乔治说："像我们这样的人没有家庭。其他人只要挣上一点钱，马上就花光了，世上没人会在乎他们——"

"但我们不是，"伦尼高兴地叫道，"现在说说我们吧。"

乔治静默了一会儿。"但我们不是。"他说。

"因为——"

"因为我有你，而且——"

"我也有你。我们拥有彼此，就是这样，所以我们彼此在乎。"伦尼得意地喊道。

傍晚的微风吹拂着林间的空地，树叶沙沙作响，碧潭水面泛起了波浪。人们的喊声又再次响起，这次比先前更近了。

乔治摘下自己的帽子。他声音颤抖地说："摘下你的帽子，伦尼。空气很好。"

伦尼听话地摘下了帽子，放在面前的地上。河谷里的阴影更加黛蓝了，夜晚来得也很快。顺着风，他们听见从灌木丛里传来了沙沙声。

伦尼说："说说以后会怎样吧。"

乔治一直在听远处的声音。有那么一会儿，他看起来煞有介事。"看河对岸，伦尼，这样我给你讲的时候，你就可以看见了。"

伦尼把头转过去，眺望着碧潭对岸加比兰山脉逐渐暗下来的山坡。"我们将拥有一小片土地。"乔治开始说。他把手伸进侧袋，掏出了卡尔森的卢格尔手枪，他咔嗒一声打开保险栓，把握着枪的手放在伦尼背后的地上。他看着伦尼的后脑勺，看着他的脊椎和头骨连接的地方。

河流上游传来一个人的呼喊声和另一个人的应答声。

"接着讲呀。"伦尼说。

乔治举起手枪，他的手颤抖着，又把手放回地上。

"继续讲呀，"伦尼说，"将来会怎么样。我们会拥有一小块土地。"

"我们会养一头奶牛。"乔治说，"我们也许还会养一头猪和一些鸡……在那片浅滩的下游，我们还会种一小片苜蓿地——"

"用来喂兔子。"伦尼喊道。

"用来喂兔子。"乔治重复道。

"我还要照料那些兔子。"

"你必须得照料那些兔子。"

伦尼高兴得咯咯笑了起来。"我们靠土地吃饭。"

"是的。"

伦尼转过头来。

"不，伦尼。看着河对岸的下游，就像你真的可以看到那个地方。"

伦尼服从了他。乔治低头看着那把手枪。

这时，灌木丛中传来沙沙的脚步声！乔治转身朝他们看去。

"接着讲呀，乔治。我们什么时候能做这个事情呀？"

"很快就会实现。"

"我和你。"

"你……和我。所有人都会善待你。不会再有麻烦了。谁都不会伤害谁，谁也不会偷东西。"

伦尼说："我以为你生我的气了，乔治。"

"不，"乔治说，"不，伦尼。我没有生气。我从来没有生过你的气，现在也没有。这是我想让你知道的事情。"

声音此时很近了。乔治举起了枪，听着那些声音。

伦尼恳求道："我们现在就去做吧。我们现在就把那块地买下来。"

"当然，就现在。我会去的。我们会去的。"

乔治举起手枪，牢牢握着，枪口凑到伦尼的后脑勺。他的手剧烈地颤抖着，但他的神情坚定，然后稳住了手，扣动了扳机。枪声回荡在群山之间。伦尼的身体猛地震动了一下，然后慢慢地向前倒在沙滩上，躺在那里一动不动。

乔治浑身颤抖，看着手枪，然后他把枪扔了出去，自己退回岸边，靠近那堆灰烬。

灌木丛里似乎充斥着人的叫喊声和奔跑的脚步声。斯利姆的声音在喊道："乔治。你在哪儿，乔治？"

但是乔治身体僵硬地坐在岸边，看着自己刚才扔掉手枪的右手。人们突然冲进林间的这片空地，柯利冲在最前头。他看见伦尼躺在沙滩上。"感谢上帝，逮住他了。"他走过去，低头看了看伦尼，然后又回头看了看乔治。"刚好打在后脑勺上。"他轻轻地说。

斯利姆径直走到乔治身边，在他旁边坐下，离他很近。

158

斯利姆说："人有时候身不由己。"

但是卡尔森俯视着乔治。"你怎么做到的？"他问道。

"就是这么做到的。"乔治疲惫地说。

"他拿了我的枪吗？"

"是啊。他拿了你的枪。"

"然后你从他手里夺走了枪，然后拿着枪，一枪打死了他，对吗？"

"对。就是这样。"乔治的声音几乎是耳语。他目不转睛地看着先前握着枪的右手。

斯利姆扯了一下乔治的胳膊肘。"来吧，乔治。我和你一起去喝一杯。"

乔治让斯利姆扶他站了起来。"好的，喝一杯。"

斯利姆说："你是万不得已的，乔治，我确定你是万不得已的。跟我一起走吧。"他领着乔治走进小径的入口，朝远处的公路走去。

柯利和卡尔森目送着他们。卡尔森说："见鬼，你觉得他们这两个家伙到底是怎么了呢？"